影抄本却掃編

〔宋〕徐度 著

浙江古籍出版社

圖書在版編目(CIP)數據

影抄本却掃編 /（宋）徐度著. -- 杭州 : 浙江古籍出版社, 2023.5

（宛委遺珍）

ISBN 978-7-5540-2543-7

Ⅰ. ①影… Ⅱ. ①徐… Ⅲ. ①筆記小説－小説集－中國－宋代 Ⅳ. ①I242.1

中國版本圖書館CIP數據核字（2023）第067168號

宛委遺珍

影抄本却掃編

〔宋〕徐度　著

出版發行　浙江古籍出版社

（杭州市體育場路347號　郵編：310006）

網　　址　http://zjgj.zjcbcm.com

責任編輯　周　密

文字編輯　韓　辰

封面設計　吴思璐

責任校對　吴穎胤

責任印務　樓浩凱

照　　排　浙江時代出版服務有限公司

印　　刷　浙江海虹彩色印務有限公司

開　　本　710 mm × 1000 mm　1/16

印　　張　13.25

版　　次　2023年5月第1版

印　　次　2023年5月第1次印刷

書　　號　ISBN 978-7-5540-2543-7

定　　價　160.00圓

出版説明

此次浙江古籍出版社影印《却掃編》，以『浙江圖書館藏清宣統三年（一九一一）周大輔影抄宋臨安府尹家書籍鋪本』爲底本，簡稱『影抄本』《却掃編》。周大輔（一八七二～一九三〇後），字左季，江蘇常熟人，清末民初任杭州税吏，近代著名藏書家、刻書家，尤愛抄録稀見善本。

《却掃編》一書，現存三卷，爲宋人徐度寓居吴興卞山時所作，據其自序，『地僻且陋，旁無士子之廬，杜門終日，莫與晤言，間思平日聞見可紀者，輒書之，未幾盈編』，『時方杜門却掃』，故名《却掃編》。是書多記宋代典章制度、前賢軼事，間及論詩之作。因徐度自身家世、仕宦履歷與史學素養等因素，除文學價值外，該書更是具有極高的史料價值和文獻價值。

徐度，生卒年不詳，字敦立，又説字惇立、端立、仲立，宋應天府穀熟（今河南商丘東南）人，自署睢陽人，高宗紹興年間累官至吏部侍郎。《宋史》無傳，事蹟見於《建炎以來繫年要録》《南宋館閣録》等。著有《國紀》《却掃編》等。

徐度是欽宗朝宰相徐處仁幼子，自己也在紹興年間官至吏部侍郎。因此，該書所記載之朝野逸事，既有來源於其父靖康年間知政事的見聞，如書中提及『先公』者皆是追述其父事蹟，也有自己從政的親身經歷，多有他人不能聞知的朝政秘辛。故所記皆有所本，可信度較高，爲治兩宋政治史及制度史的學者所取材。徐度入仕後，先後擔任秘書省正字、校書郎，紹興三十二年（一一六二），又擔任編類聖政所詳定官，直接參與國史編寫。館閣履歷和國史編修經歷，爲其接觸編纂國史的稀見原始檔案和資料提供了便利，也成爲其後續寫作該書的第一手史料來源。該書論及哲宗實録、秦檜刊削建炎以來日曆、起居注、時政記事等，均可補史實之闕。徐度不僅有治史眼光和才具，也有良史的嚴謹審慎。《却掃編》雖爲筆記小説，但論及朝廷典章制度，必嚴加考辨，而不妄爲雌黄：如論及宰輔、館閣、貼職諸制度，梳理排比，極力追溯，窮盡源流，然後參酌兩宋制度，詳爲考證，再下斷語，往往別有見地。邵康在爲該書所作題跋中，稱其『考訂根據，辨析精敏，不竟不止』，確爲的論。《四庫全書總目提要》認爲該書可與王明清《揮麈録》、葉夢得《石林燕語》相頡頏，而又『文簡于王，事核於葉，則似較二家爲勝』，『深有裨于史學』，絶非溢美。故《却掃編》爲歷代文人所重，經數次刊刻、傳抄。

歷史上，《却掃編》至少流傳有兩種宋刻本。清人錢天樹言：『余舊藏有宋板，較汲古閣多徐度自序一篇。常熟張氏有舊抄，是另一宋板抄出。』所謂『常熟張氏舊抄』據《愛日精廬藏書志》乃清人張光基手抄本，即嘉慶十二年（一八〇七）張海鵬所刊『學津討源本』《却掃編》的底本，後有一跋：『時嘉泰壬戌立秋日，金華邵康書于桂水郡齋。』今北京大學圖書館藏『錢曾述古堂影抄本』《却掃編》亦有相同跋語。按錢曾《讀書敏求記》，『述古堂影抄本』摹寫的是錢謙益絳雲樓所藏宋刻。而錢天樹家藏『宋板』無跋語，據清人黄丕烈、陳鱣所言爲『宋臨安府尹家書籍鋪本』。

南宋時，杭州作爲實際上的首都，被升爲臨安府，是當時刻書業的中心之一，曾出現大批聲動全國、留名後世的著名私家刻書坊肆，形成『書籍之流播，全賴坊肆之雕刻』的盛況。臨安坊刻本不但保存了大量稀世古籍，使晚唐詩集和江湖詩集得以留存於世，同時以刻印精良著稱，歷來是宋槧中的上品。臨安府太廟前尹家書籍鋪以刊行筆記小説爲主，與遍刊唐宋人小集的臨安陳起陳宅書籍鋪，同爲當時刻書坊肆的翹楚。

此次影印的底本，延續了宋代坊刻本的諸多版本特徵。全書白口，四周單邊，框高十九點六釐米，寬十三點五釐米；卷首有徐度自序，半頁五行，行十一字，單魚尾下鎸『序』字；正文半頁九行，行十七或十八字，單魚尾下依次鎸『却掃』、卷次、頁碼；末頁有牌記『臨安府尹家書籍鋪刊行』。

要説明的是，该底本並非直接影抄宋刻本，而是轉抄了前人的影抄本《却掃編》。底本首頁右下角有白文方記『辛亥』、朱文方記『周左季宣統紀元後所鈔之書』提供了影抄的時間及影抄者的身份信息。今與『津逮秘書本』『四庫全書本』等常見版本的《却掃編》對校，卷上十七頁與二十頁、十九頁與二十一頁錯簡；卷上二十七頁脱簡；卷下十頁八行小字，應爲脱簡後補録，爲保留原貌，一仍其舊。民國十七年（一九二八）張鈞衡『擇是居叢書初集』影印《却掃編》以清人丁丙家藏『影抄臨安府尹家書籍鋪本』爲底本，字體、版式、行款與周大輔影抄本相同，卷上二十七頁亦脱簡。丁丙卒於光緒二十五年（一八九九），其家藏本在時間上當早于周大輔宣統年間、辛亥年（一九一一）的影抄本，因此底本部分内容的訛漏，很可能來源於此前的影抄本，是多次轉抄的結果。

儘管如此，『周大輔影抄宋臨安府尹家書籍鋪本』《却掃編》字體清秀雅致，開版疏朗，基本保存了宋代善本原貌，具有較高的審美價值，實足以嘉惠學林。

楊竹旺

目録

據浙江圖書館藏本影印原書
板框高十九點六厘米寬十三
點五厘米

郤掃編

予閑居吳興卞山之陽曰呂家步地僻且陋旁無士子之廬杜門終日莫與晤言閒思平日聞見可紀者輒書之未

幾盈編不忍棄去則離為三卷時方杜門却掃因題曰卻掃編雖不足継前人之述作補史氏之闕遺聊以備遺忘示兒童焉睢陽徐度

却掃編卷上

漢初因秦官置丞相太尉武帝罷太尉不置久之置大司馬而以爲大將軍之冠成帝復罷丞相御史大夫而取周官六卿司徒司空之名配大司馬以備三公而咸加大稱後漢建武二十七年復改大司馬爲太尉而司徒司空並去大字自後歷代因之政和中始盡遵周官置少師少傅少保爲三孤太師太傅太保爲三公而以太尉爲武官禮秩同二府大

略如昔之宣徽使而不以授文臣而必以冠節度使爲異耳

唐開元中始聚書集賢院置學士直學士直院總之又置大學士以寵宰相自是不廢其後又置弘文館亦以宰相爲大學士本朝避宣祖諱易爲昭文然必次相遷首相始得之其後惟王章惠（隨）龐莊敏（籍）韓獻肅（絳）皆初拜直除昭文故王岐公行獻肅制詞有曰度越往制何愛隆名之私者蓋謂是也

文臣簽書樞密院始於石元懿初稱樞密直學士簽書樞密院事竟以本院學士而簽書院事而已至張公齊賢王公沔皆直以諫議大夫爲之不復帶學士自是不復除至熙寧八年曾公孝寬始復自龍圖閣直學士起居舍人樞密都承旨拜樞密直學士簽書樞密院事而不還官不賜毬文帶未幾以憂去位至服闋乃以端明殿學士判司農寺元祐三年趙公瞻自中散大夫戶部侍郎六年王公巖

叟自左朝奉郎龍圖閣待制權知開封府七
年劉公奉世自左朝請大夫寶文閣待制權
戶部尚書皆拜樞密直學士簽書樞密院事
不遷官趙公明年乃遷中大夫同知樞密院
事王劉二公至罷皆除端明殿學士是四公
於從班中資品尚淺而躐遷執政故有是命
蓋不盡以執政之禮畀之而必帶樞密直學
士者正用石元懿故事也紹聖以還又復除
淵聖受禪之初亟擢宮僚耿南仲爲執政而

西府適無闕員故復自徽猷閣直學士太子
詹事拜簽書未幾復欲命一執政使虜而在
位者皆不可遣遽以兵部尚書路公允迪爲
簽書而行先是樞密直學士已廢不置改爲
述古殿直學士故二公皆超拜資政殿學士
雖簽書帶職猶用故事而非本意矣自是遂
相踵成例凡簽書者必帶端明資政之職至
六曹尚書翰林學士皆執政之亞徑遷同知
可也然初拜亦必爲簽書而帶學士職疑非

是

武臣簽書樞密院始於楊守一端拱元年自内客省使宣徽北院使爲之二年張遜自鹽鐵使亦以宣徽北院使爲之景德三年韓崇訓自樞密都承旨四方館使以檢校太傅爲之同時馬正惠公知節自樞密都承旨東上閤門使以檢校太保爲之天禧三年曹武穆公瑋自華州觀察使鄜延副總管以宣徽北院使爲之明道二年王武恭公德用自步軍副

指揮使福州觀察使以檢校太保爲之治平
三年郭宣徽逵自殿前都虞候容州觀察使
以檢校太保爲之建炎三年王淵自鄕德軍
節度使御營都統制直以節度使爲之
童貫之始入樞府也官已爲開府儀同三司而
但以爲權簽書樞密院河西北面房公事頃
之乃進稱權領蓋以謂所掌止邊防一事且
姑使爲之而已又數月乃正稱領樞密院事
自是不復改其後蔡攸以少師居樞府亦稱

領鄭太宰居中以故相居樞府亦稱領宣和間凡官品已高而下行職事者皆稱領如蔡行以保和殿大學士領殿中省高俅以開府儀同三司領殿前司王革以保和殿大學士領開封尹之類是也靖康間何丞相臬以資政殿學士李丞相綱以資政殿大學士皆領開封府職事而別置尹初貫之不稱知而稱領者非尊之也蓋猶難使之正居執政之位故創此名然鄧樞密洵武以少保知院而實

居其下慶曆間吕許公以首相兼判樞密院事論者以爲判名太重未幾改兼樞密使元豐官制廢樞密使不置則知院爲長官今領居知上則判院之任也按漢制有領尚書有平尚書領尚書則將軍大司馬特進爲之平尚書則光禄大夫諫大夫之徒皆得爲之則領之爲重也久矣

宇文樞密虚中自資政殿大學士以本職簽書樞密院事自陳職名太高於是除去大稱而

直以學士爲之

國朝中書宰相參知政事多不過五員兩相則三參三相則兩參咸平中呂文穆李文靖向文簡三相也王文正王文穆兩參也景祐間呂文靖王文正曾兩相也宋宣獻綬蔡文忠齊盛文肅度三參也至和中文潞公劉丞相沆富文忠三相也王文安堯臣程康穆戡兩參也熙寧中曾魯公陳秀公升之兩相也王荊公韓康公唐質肅三參也

父子秉政國初至靖康元年凡十二家王惠獻化基參知政事子安簡舉正參知政事呂文靖宰相子惠穆公弼樞密使正獻公著宰相石元懿樞密使子文定中立參知政事陳給事恕參知政事子恭公宰相韓忠獻億參知政事子獻肅絳宰相持國門下侍郎莊敏縝宰相范文正參知政事子忠宣宰相彝叟尚書右丞曹武惠彬樞密使子武穆瑋樞密副使蔡丞相確子懋尚書左丞蔡太師宰相子攸領樞密院事韓忠獻宰相子儀公宰相曾宣靖宰相子令綽簽書樞密院王侍郎博文同知樞密院子忠簡疇樞密副使呂

文靖之老也以司徒監修國史兼譯經潤文使每有軍國大事與中書門下樞密院同議以聞正獻之老也復以司空同平章軍國事曾令綍之爲簽書宣靖猶康寧遂就養東府士林尤以二家爲盛事

兄弟秉政國初至政和凡七家陳文忠堯叟樞密使弟文惠堯佐宰相三韓已見二呂已見二范已見吳正肅育參知政事弟正憲充宰相蔡太師弟元度卞知樞密院鄧觀文洵仁尚書右丞弟少保洵武知樞密院

祖孫秉政國初至紹興凡四家梁丞相適孫才甫（子美中書侍郎）呂正獻孫舜徒（好問尚書右丞）富文忠孫季申（直柔同知樞密）韓儀公孫似夫（肖胄簽書樞密）

叔姪秉政國初至大觀凡三家呂文穆（蒙正宰相）姪文靖（已見）胡文恭（宿）姪宗愈（尚書右丞）林文節（希同知樞密）姪攄（中書侍郎）

初置觀文殿大學士也詔自今非嘗歷宰相不除著爲令宣和七年先公自北門召爲上清寶籙宮使忽有此授方引故事懇避會北鄙

之警有詔復留明年京師解嚴復召爲中書
侍郎遂拜相時前告猶寄北京左藏庫
淵聖遣中使取以賜先公先公復力辭曰臣
今忝備宰輔於此告受與不受未有損益然
所以終不敢當者蓋以除授之日猶未經歷
其於彝制終有所妨重失此名於天下也儻
聽臣言使中外聞之知朝廷於祖宗法度無
有大小率循惟謹顧不美乎　上終不許先
公不得已受之謝表略曰知章兩命之兼榮

足爲盛事張詠大稱之獲免有愧前修蓋謂是也

唐以宰相兼太清宫使本朝祥符間亦以首相領玉清昭應宫使又置景靈宫會靈祥源觀使以次相及樞密使次第領之執政爲副使侍從爲判官天聖初昭應宫災始罷輔臣宫觀等使名政和中　詔天下咸建神霄玉清萬壽宫復置使宰相使相領之執政爲副使侍從爲判官判官惟盛章嘗以開封尹領之

宅未嘗命而天下郡守皆兼管句通判兼同管句雖前二府領州亦如之蓋欲重其事也輔臣既罷領宮觀使其後惟以使相節度宣徽使爲之無所職掌奉朝請而已熙寧間又有以使居外者王荆公以使相領集禧觀使居金陵張文定公以宣徽南院使領西太一宮使居睢陽之類皆優禮也元祐間梁左丞燾罷政事除資政殿學士特創同醴泉觀使之名以命之梁公言故事無以學士領宮觀使

者且同使之名前所未有力辭不受然自是前二府往往以學士直爲宫觀使而同使之名不復除矣

故事非宰相不爲僕射雖樞密使必嘗歷宰相乃得之天禧三年南郊親祠禮畢輔臣咸進官時丁晉公以吏部尚書叅政事當遷乃以檢校太尉兼本官爲樞密使而端揆之尊不可得也　神宗即位覃恩時王懿恪拱辰以端明龍圖兩學士吏部尚書留守北京當遷

乃以爲太子少保而兩學士如故官制行僕
射爲特進崇寧間許冲元太尉始以中書侍
郎爲之其後踵之者鄭太宰鄧少保皆以知
樞密院爲之薛肇明以門下侍郎爲之靖康
初復祖宗法度時薛獨存因改授金紫光禄
大夫
王銍言周世宗既定三關遇疾而還至澶淵遲
留不行雖宰輔近臣問疾者皆莫得見中外
恟懼時張永德爲澶州節度使永德尚周大

祖之女以親故獨得至卧内於是羣臣因永德言曰天下未定根本空虚四方諸侯惟幸京師之有變今澶汴相去甚邇不速歸以安人情顧憚朝夕之勞而遲回於此如有不可諱奈宗廟何永德然之承閒爲世宗言如群臣旨世宗問曰誰使汝爲此言永德對羣臣之意皆願如此世宗熟視久之歎曰吾固知汝必爲人所教獨不喻吾意哉然吾觀汝之窮薄惡足當此即日趣駕歸京師嗚呼

天命方有所屬固非人謀之所能間也
五代之亂天下無復學校　皇朝受命方削平
四方故於庠序之事亦未暇及宋城富人曹
誠者獨首捐私錢建書院城中前廟後堂旁
列齋舍凡百餘區既成邀楚丘戚先生主之
先生名同文生唐天祐中歷五代入　本朝
皆不仕以文學行義爲學者師及是四方之
士爭趍之曹氏益復買田市書以待來者先
生乃制爲學規凡課試講肄勸督懲賞莫不

有法寧親歸沐與親戚還往莫不有時而皆曲盡人情故士尤樂從焉由此書院日以寖盛事聞京師有詔賜名應天府書院先生没門人私謚爲正素先生其子綸復以儒學顯歷事　太宗真宗兩朝官至樞密直學士先生之規後傳于時及建太學詔取以參定學制予幼時猶及見之書院即今之國子監也

唐節度使初皆領一道故以本道爲名若河西河南劍南關内之類是也厥後分鎮寖多所

領不能盡有一道則以其地爲名若安西朔方渭北隴右之類是也又有合數州以爲名者若魏博淄青澤潞徐泗之類是也或因其有功則錫軍號以旌之若振武鎮國天雄定難之類不可悉數由五代以還至于　國朝所錫益多凡曰節鎮皆曰某軍某軍而孟州曰河陽三城襄陽府曰山南東道太原府曰河東鳳翔府曰鳳翔揚州曰淮南江陵府曰荆南成都府曰劒南西川潼川府曰劒南東

川興元府曰山南西道揔九州府獨因舊以爲名亦出於偶然本不以地望有所輕重然凡建節者反以是數州爲重非親王尊屬與勳望重臣莫或得之故韓魏公以司徒領淮南曾魯公以司空領河陽三城文潞公以太師領河東皆以爲重也

唐之方鎮得專制一方甲兵錢穀生殺予奪皆屬焉權任之重自宰相之外它官蓋無與比故其始拜也降麻告廷與宰相同而賜節鑄

印之禮又爲特異誠以其任重故寵之　本
朝既削方鎮之權節度使不必赴鎮但爲武
官之秩間以寵文臣之勲舊内則爲宫觀使
外則别領州府而已至宗室戚里又止於奉
朝請無復職掌而告廷賜節鑄印之禮猶踵
故事至于今循之不革諸路經略安撫使雖
非唐方鎮之比然亦大將之任也而命之與
列郡守臣略等間命宣撫使蓋古之元帥也
直以勑授尤爲失之

國初節度使猶有赴治所者謂之歸鎮以爲異禮仁宗朝夏鄭公以平章事領三城節爲西京留守以洛陽地當孔道日有將迎之勞表請歸鎮略曰凡叨建節之行頗以歸鎮爲重蓋謂是也

蘇子容丞相始爲南都從事時杜正獻公方致仕居南都見蘇公大器之爲道其平生出處本末甚詳曰子異時所至亦如老夫願勉旃自愛蘇公唯唯謝之先是正獻公既罷政出

知兗州未幾請老遂以太子少師致仕復三遷爲太師而薨享年八十其後蘇公更踐中外其先後蚤晚多與杜公相似至免相也亦出知楊州未幾請老復召爲中太一宫使請不已乃以太子少師致仕遷太保而薨享年八十有二年壽官品又略同焉熈寧間蘇公以集賢院學士守杭州時梁況之左丞方以朝官通判明州之官道出錢唐蘇公一見異之留連數日待遇甚厚既別復遣介至津亭

手簡問勞且以一硯遺之曰石硯一枚留爲異日玉堂之用梁公莫喻其意亦姑謝而留之自爾南北不復相見亦忘前事矣元祐六年梁公在翰苑一夕宣召甚急將行而常所用硯誤墜地碎倉卒取他硯以行既至則面授旨尚書左丞蘇某拜右僕射梁公受命退歸玉堂方杼思命詞涉筆之際視所携硯則頃年錢塘蘇公所贈也因怳然大驚是夕梁公亦有左丞之命他日會政事堂語及之蘇

公一笑而已世謂貴人多識貴人蓋以謂閱人多而識之然窮達壽夭則或有可知之理而能纖悉如是二事者殆不可測也

劉器之待制對客多默坐往往不交一談至於終日客意甚倦或請去輒不聽至留之再三有問之者曰人能終日矜莊危坐而不欠伸欹側者蓋百無一二焉其能之者必貴人也蓋嘗以其言驗之誠然

韓康公王荆公之拜相也王歧公爲翰林學士

被召命詞既授旨　神宗因出手札示之曰
已除卿叅知政事矣　國朝以來因命相而
遂用草制學士補其處如此者甚多近歲亦
時有之世謂之潤筆執政
本朝節度使雖不赴鎮然亦别降勑書宣諭本
鎮軍民而爲節度使者亦自給牓本鎮謂之
布政牓親王亦翰苑爲之近不復見矣
元豐官制雖以侍中中書令尚書令爲三省長
官然未有爲之者元祐初既召文潞公還朝

以其名位已崇難所以處之者時司馬温公已拜左相而右相韓玉汝適去位宣仁后遂欲以潞公爲右相謀之温公公曰文某歷事累朝年踰八十且其再爲相時臣猶爲小官今顧居其上不可因請自爲右相而請以潞公爲左相宣仁復難之於是用呂許公故事以本官同平章軍國重事且詔一月兩赴經筵六日一入朝因至都堂與執政商量事如遇有軍國機要事即不限時並令入預叅決

其餘公事只委僕射以下簽書發遣其後呂
申公爲右相請退甚力宣仁欲堅留之顧憐
其老欲以爲攝太保同平章軍國事手札以
問范忠宣忠宣以爲攝字從來止施於祠祭
非所爲官稱若別更一字而使每至都堂不
限時出東府執政有議事於便門過就之若
議事遲久令堂厨具食如此則事皆曲盡稱
國家尊賢優老之意矣　宣仁復手札謂以
呂某德望欲使兼一保傅官務要外恊人望

實益勸講然其官去保傅甚遠欲以爲行太保事如何忠宣復對曰謹按國朝典故天禧中宰臣王旦元是太保平章事以病乞退加太尉侍中令公著官是光禄大夫職是右僕射若以僕射加司空則與王旦相近於典故不遠若欲有益勸講則平章事乃是執政自當十日一赴經筵不必帶行太保事四字矣於是始定議云

國朝宰相樞密使必以侍郎以上爲之若官舊

計資望之淺深慶曆中歐陽文忠公爲知制誥纔數月出爲河北都轉運使即拜龍圖閣直學士其有旣命而以事不行者則隨亦改授他職紹聖間猶如此彭器資尚書自權吏部尚書授寶文閣直學士知成都府辭行乃改待制知江州權尚書補外正合得待制故也

按歐陽文忠公慶曆制草序曰除目所下率不一二時已迫丞相出故不得專一思慮工文

字以盡道天子難喻之意而還誥命於三代之文又劉原甫用侍讀墓誌稱其文章尤敏贍甞直紫微閣一日追封 皇子公主九人方將下直爲之立馬却坐一揮九制凡數千言文辭典雅各得其體由是言之則是除目既下必用是日草詞且不得從容下直而爲之也元祐初林子中樞密除中書舍人言者論其非因及張邃明中書曰昨日聞主者督撰希告詞甚急意璪之爲謀欲希早受命成其姦

黨也則命詞之限當元祐時已不得如前者
之迫矣翟公巽資政居政和間詞命獨爲一
時之冠然文思遲澁尤惡人趣之有趣之者
輒默誌其旁凡一趣則故遲一日有遷延至
旬餘者其後人稍聞之莫敢復趣矣
帝者之女謂之公主蓋因漢氏之舊歷代循焉
末之有改也政和間始采周之王姬之稱而
改公主曰帝姬郡主曰宗姬縣主曰族姬議
者謂姬蓋周姓猶齊女曰齊姜宋女曰宋子

皆因其姓而繫之國不曰周姬而曰王姬者蓋别於同姓諸侯魯姬衛姬耳國家趙氏乃當曰帝趙不得曰帝姬若以姬爲婦人之美稱則尤不可漢書高五王傳諸姬生趙幽王友顔師古注曰諸姬揔言衆妾之稱又非所以稱帝女也命婦封號亦政和間所改始因夫人之名而凡謂之人獨孺人者本稱婦人之名其它則見於書傳者皆通謂男子至碩人俱俣執轡如組有力如虎又非所以爲婦

人之號也小君之稱稽據甚明設欲多其等級者莫若采魏晉閭鄉君亭君之目而增之則猶爲有據也公主之號建炎初已復之予在司封欲援此爲例并復命婦封號而或者以謂非事之急故止

舊制諫議大夫積士轉而至僕射二府乃七轉及官制行太中大夫七轉至特進而不分庶官與二府元祐中始令正議光禄銀青光禄金紫光禄大夫並置左右分爲二資於是

復十一轉而至特進紹聖以後因之不改政
和中增置通奉正奉宣奉三階而罷分左右
止十轉至特進而庶官二府並循此制蓋祖
宗以來二府不磨勘故每優遷紹興新書乃
并二府有磨勘法然亦未嘗舉行也
石林公言吳中俚語若等人易得幺瞋人易得
醜雖鄙亦甚有理
祖宗時凡官僕射及使相以上領州府則稱判
元符末章僕射罷相以特進守越州止稱知

尊則守本官官卑則躐遷侍郎官制行初相
止除太中大夫崇寧後必超進數官政和以
後至有徑遷特進者靖康初吴少宰敏初相
自中大夫躐遷銀青光禄大夫引故事自言
於是改太中大夫就職
慶曆閒賈文元爲昭文相陳恭公爲集賢相會
久旱引東漢策免三公故事自言是時吴正
肅爲叅知政事與文元不協數爭議上前及
此中丞高若訥以爲大臣不肅故雨不時若

而文元亦自請故與正肅偕罷而恭公進位昭文猶申前請乃降授給事中而輔政如故二叅宋元憲自給事中降諫議丁文簡自工部侍郎降中書舍人數月而復云

國朝叅知政事樞密副使必以諫議大夫爲之權御史中丞亦然熙寧中始有本官帶待制權中丞者官制後初拜執政還中大夫而中丞不復遷官矣

祖宗時侍從官或被寄任往往優進職名不復

蓋謫也宣和中余太宰深以少傅節度使守福州復稱知靖康初白太宰時中守壽春府李太宰邦彦守鄧州始復故事稱判建炎中呂僕射頤浩以使相守池守潭守臨安皆稱知趙丞相鼎官本特進再罷相初以節度使守紹興後改本官守泉皆稱知近歲孟郡王忠厚以使相守鎮江亦稱知後改婺州會高開府世則亦守温州稱判而孟亦改判婺州云

國朝翰林學士多以知制誥久次而以稱職聞者爲之劉原甫居外制最久既譽望高一時故士論咸以爲宜充此選而劉亦雅自負以爲當得之然久柅不得進遂出典兩郡還朝復居舊職且十年矣終不用久之復請外補於是以翰林侍讀學士知永興軍頗怏怏不自得一日顧官屬曰諸君聞殿前指揮使郝質乎已拜翰林學士矣或以爲疑者徐笑曰以今日之事準之固當如此耳

國朝之制食邑滿萬戶乃封國公惟見任宰相與官爲三公者則通計實封滿萬便封國公杜正獻公既致仕因郊祀當加恩而食邑未滿萬戶特詔封祁國公蓋異禮也其後遺表有曰非萬戶而忝賜履之封自三少而席司成之重蓋謂是云

楊文公億初入館時年甚少故事初授館職必以啓事謝先達時公啓事有曰朝無絳灌不妨賈誼之少年坐有鄒枚未害相如之末至

一時稱之

故事臣僚封贈母祖母不問生没並加太字曰太夫人太君政和間待制劉安上建言太者事生之尊稱也封母而别之所以致别於其婦既没並祭於夫若加之尊稱則是以尊臨其夫也以尊臨夫於名義疑若未正自是始詔命婦追封並除去太字逮紹興新書復仍舊制晏尚書（敦復）領吏部援劉待制之言申明且引漢文帝紀七年冬十月令列侯太夫

人夫人無得擅徵補注謂列侯之妻稱夫人列侯死子復爲列侯仍得稱太夫人蓋此義也於是追封始不復稱太云按帝者之祖母稱太皇太后既升祔皆止稱皇后正此比也

舊制執政以上始服毬文帶佩魚侍從之臣止服遇仙帶世謂之横金元豐官制始詔六曹尚書翰林學士並服遇仙帶佩魚故東坡謝翰林學士表曰寶帶重金佩元豐之新渥蓋謂是也然武臣節度使班翰林學士上六曹

尚書下至今止橫金迨拜太尉則毬文佩魚
蓋恩禮視執政故也
元豐官制侍從官給事中以上乃服金帶中書
舍人以下皂帶佩魚與庶官等大觀間始詔
中書舍人諫議大夫待制皆許服紅鞓犀帶
佩魚建炎間復置權六曹侍郎亦如之
舊制借服不佩魚故繫銜止稱借紫借緋政和
中王詔延康始建請借服皆佩魚如賜者從
之然差勑止仍舊云可特差某職任仍借緋

或借紫而已而其後繫銜者多自稱借紫金
魚袋若借緋魚袋然終無所據也
凡知州軍通判提點刑獄轉運判官知三京赤
縣皆借緋知州提點刑獄自服緋者仍借紫
轉運使副知節鎮州雖不服緋亦借紫謂之
隔借自節鎮轉運副使改授列郡亦借紫謂
之帶借中間嘗歷他官則不
舊制凡特賜緋章服皆服塗金寶瓶帶三日職
事官唯侍御史初除則例賜緋餘非特恩未

有賜者

本朝封爵徒爲虛名户累數萬雖號實封者亦

初無其實故有司亦不甚以爲輕重若非自

請則文臣例封文安武臣例封武功宗室例

封天水名號重複不可稽考予以爲雖異於

古之裂地而封者然馭貴之意則均也謂宜

略依古制非有功不封已封之縣不再以封

則庶幾其稍重矣故事文臣官至卿監官武

臣官至橫行而 勳加至上柱國乃加封邑其

後罷勳官而寄禄纔至奉直大夫横行以上便加封邑則冝其衆也

集賢院學士初無班品與諸直館頗同然自執政侍從皆通爲之如呉正肅公育自資政殿大學士改授集賢院學士判西京留司御史臺劉原父自翰林侍讀學士改集賢院學士判南京留司御史臺皆以職閑無事故也其後李周自權侍郎罷除集賢院學士始有旨曾任六曹侍郎者立班在太中大夫之上奏

薦班列並同待制紹聖元年又詔曾任權侍郎以上者立班雜壓封贈在中散大夫之上其餘恩數儀制並依中散大夫餘人立班雜壓在中散大夫之下蔭補依朝議大夫官高者從本條二年罷館職易爲集賢殿修撰政和中改集賢殿爲右文今右文殿修撰是也

許少伊右丞宣和間初除監察御史夜夢緑衣而持雙玉者隨其後未幾劉希范資政珏繼有是除靖康初爲太常少卿復夢緋衣而持

雙玉者隨其後未幾劉亦繼爲奉常時劉以
淵聖登極恩初易章服也

舊制宰相官僕射以上勑尾不書姓蓋用唐故事也元豐官制僕射爲宰相故不計寄禄官之高下皆不書姓云

奉朝公卿多有知人之明見於擇壻與辟客蓋趙叅政昌言之壻爲王文正旦王文正之壻爲韓忠憲億呂惠穆公弼呂惠穆之壻爲韓文定忠彦李侍郎虚己之壻爲晏元獻殊晏

元獻之壻爲富文忠弼楊尚書察富文忠之壻爲馮宣徽京陳康肅堯咨之壻爲賈文元昌朝曾宣靖公亮王文正曾守鄆辟龐莊敏籍爲通判龐莊敏守并辟司馬温公爲通判范文正公爲陝西招討使辟田樞密况孫威敏沔並爲判官歐陽文忠公爲掌書記歐陽公辭不就復請張文定公方平亦辭富文忠公守并請韓黄門維爲屬王文安公堯臣安撫陝西辟蔡樞密挺自隨如此之類甚多不

可悉數皆拔於稠人之中而其後居位風節往往相似前代所不及也

童貫既敗籍其家皆得劑成理中元幾千斤它物稱是此與胡椒八百斛者亦何異邪

舊制進士登科人初官多授試秘書省校書郎故至今新擢第人猶稱秘校　祖宗朝進士上三名皆授將作監丞通判故至今猶稱狀元爲監丞

唐東都有尚書省留守兼判其餘百司略如京

帥臣監司之有勤勞者乃得之然初無班綴
也其後諸閤例置始編入雜壓與諸修撰通
謂之貼職爲之者衆矣
范文正公爲陜西招討使也以邊兵訓練不精
蓋無専任其責者又部署鈐轄等權任相亞
莫相統一故每有事宜職甲者付以懦兵逼
逐先出位高者各據精兵逗遛不進是以屢
致挫敗於是首分鄜延路兵以爲六將將各
三千餘人選路分都監及駐泊都監等六人

各監教一將兵馬又選使臣指揮使十二人分隸六將專掌教閱每指揮選少壯勇健者二十五人先教之以弓弩短兵俟其技精則補爲教頭每人却俾分教十人以次相授一季之後盡成精兵遇有寇警少則路分都監將所部先出多則鈐轄都署領兩將或三將以出更出迭入約束既定總領不貳勞逸又均人樂爲用邊備寖修寇不敢犯矣其後諸路皆用此制熙寧將法蓋本范公之遺意也

唐之政令雖出於中書門下然宰相治事之地别號曰政事堂猶今之都堂也故號令四方其所下書曰堂帖國初猶因此制趙韓王在中書權任頗專故當時以謂堂帖勢力重於勑命尋有詔禁止其後中書指揮事凡不降勑者曰劄子猶堂帖也至道中馮侍中拯以左正言與太常博士彭惟節並通判廣州拯位本在惟節之上及覃恩遷員外郎時寇萊公爲參知政事知印以拯爲虞部惟節爲屯

田其後廣州又奏仍使馮公繫銜惟節之上中書降劄子處分外惟節於上仍特免勘罪至是拯封中書劄子奏呈且論除授不當并訴免勘之事　太宗大怒曰拯既無過非理遭降資免勘雖萬里之外爭肯不披訴也且前代中書有堂帖指揮公事乃是權臣假此名以威福天下　太祖巳令削去因何却置劄子劄子與堂帖乃大同小異耳張洎對曰劄子是中書行遣小事文字猶京百司有符

牒關刺與此相似別無公式文字可指揮常事帝曰自今但于近上公事須降勑處分其合用劄子亦當奏裁方可行遣至元豐官制行始復詔尚書省已被旨事許用劄子自後相承不廢至今用之體既簡易給降不難每除一官逮其受命至有降四五劄子者蓋初書旨而未給告先以劄子命之謂之信劄既辭免而不允或允又降一劄又或不候受告而俾先次供職又降一劄既命其人又必俾

其官司知之則又降一劄謂之照劄皆宰執親押欲朝廷之務簡難矣然予觀近代公卿文集中凡辭免上章止云准東上閤門告報則是猶未有信劄也今諸路帥司指揮所部亦用劄子其體與朝廷略同然下之言上其非狀者亦曰劄子名同而實異不知其義何也

國朝之制凡降勑處分事皆有詞其體與詔書相類知制誥行皆用四六文字元豐官制行

罷之

富韓公之薨也訃聞　神宗對輔臣甚悼惜之且曰富某平生强項今死矣誌其墓者亦必一强項之人也卿等試揣之已而自曰方今强項者莫如韓維必維爲之矣時持國方知汝州而其弟玉汝丞相以同知樞密院預奏事具聞此語汗流浹背於是亟遣介走報持國於汝州曰雖其家以是相囑慎勿許之不然且獲罪先是書未到富氏果以墓誌事囑

持國既諾之矣乃復書曰吾平生受富公厚
恩常恨未有以報今其家見託義無以辭且
業已許之不可食言雖因此獲罪所甘心也
卒爲之初持國年幾四十猶未出仕會富公
鎮并門以帥幙辟之遂起其相知如此
國朝故事文臣必帶直學士職乃服金帶熙寧
中薛師正樞密方以商利被眷自天章閣待
制權三司使始特膺是賜未幾韓莊敏丞相
以龍圖閣待制爲樞密都承旨繼得之　政

和宣和之間至有以廢官被賜者紛紛甚多
不可殫紀名器之濫於是爲極云
傅獻簡公在　英宗朝以諫官與吕獻可諸公
論濮園稱號事甚切章凡十餘上未止會出
使契丹既還而諸公皆已坐異議謫去而公
獨還侍御史知雜事公固辭曰臣今不獨不
能與建議者同列於朝至如苟隨妄計者臣
且不忍張目視之况與之同臺共職哉於是
出知和州後數年丁憂服闋至京師時王荆

公用事素善公謂公曰方今紛紛俟公來久矣方議以待制知諫院還公公謝曰新法世不以爲便誠如是當力論之平生未嘗欺敢以告荆公大怒乃以爲直昭文館判流内銓未幾補外再閱歲凡六徙困於道塗知不爲時所容遂自請提舉西京崇福宫未幾復坐事奪官稍復監黎陽倉公日視事必親不以嘗清顯自待雖家人不見其憂愠色任滿管勾中嶽廟築室濟源盤谷蒔竹木游詠其間

一時名士爲之賦詩者甚多許洛舊老與之往來悠然自適若將終身者再任管勾崇福宮元祐初還朝益不苟合久之乃自吏部尚書遷中書侍郎凡二年薨于位

皇祐初胡文恭公宿爲知制誥封還楊懷敏復除内侍副都知詞頭不草翊日 上謂宰相曰前代有此故事否文潞公對曰唐給事中袁高不草盧杞制書近年富弼亦曾封還詞頭 上意乃解而改命舍人草制已而臺諫

亦論其非其命遂寢而舍人封還詞頭者自
爾相繼蓋起於富成於胡也
左右史雖日侍 上側然未嘗接語欲有所論
必奏請得旨乃可元豐中王右丞安禮權修
起居注始有詔許直前奏事左右史許直前
奏事蓋自此始
蘇黄門子由熙寧二年以前大名府推官上書
論事 神宗覽而悦之即日召對便殿訪問
久之而擢爲條例司屬官故事選人未得上

殿者自此遂爲故事云

呂申公素喜釋氏之學及爲相務簡静罕與士大夫接惟能談禪者多得從容於是好進之徒往往幅巾道袍日遊禪寺隨僧齋粥談説理情覬以自售時人謂之禪鑽云

進士以累舉推恩特召廷試已而唱名次第賜進士或同學究出身或試監主簿諸州文學長史四門助教攝諸州助教謂之特奏名自景德二年始是歲進士第一人李文定丞相

也其後亦有補三班借職者逐時不同然試而不中選罷歸職也顧憐其老而無成而遂損一官乞之此蓋　國朝忠厚之政也故事進士唱名宰執從官侍立左右有子弟與選者唱名之次必降階稱謝搢紳間頗以爲榮事建炎初車駕在楊州會放進士時楊中立龍圖以侍讀侍立而其子適以特奏名預唱名中立亦降階稱謝時適之年已五十餘中立七十餘矣前此所無也

刦掃編卷上

却掃編卷中

國朝以來凡政事有大更革必集百官議之不然猶使各條具利害所以盡人謀而通下情也熙寧初議貢舉北郊猶如此後厭其多異同不復講及司馬温公爲相欲增損貢舉之法復將使百官議因自建經明行修使朝官保任之法欲并議之草具將上先與范丞相謀范公曰朝廷欲求衆人之長而元宰先之似非明夷涖衆之義若已陳此書而衆人不

隨則虛勞思慮而失宰相體若衆人皆隨則
相君自謂莫已若矣然後諂子得志於其間
而衆人黙而退媚者既多使人或自信如莫
已若矣前車可見也不若清心以俟衆論可
者從不可者更俟衆賢議之如此則逸而易
成有害亦可改而責議者矣若先漏此書之
意則諂者更能增飾利害迎于公之前矣温
公不聽卒白而行之范氏家集載此書甚詳
故事宰輔領州而中使以事經縣必傳宣撫問

宣和間先公守南都地當東南水陸之衝使傳絡繹不絶一歲中撫問者至十數故嘗有謝表曰天闕夢回必有感恩之淚日邊人至常聞念舊之言後因生日府掾張矩臣獻詩曰幾回天闕夢十走日邊人蓋用表語也矩臣退傳家好學喜爲詩先公爲相時欲稍薦用之已卒矣

舊制凡掌外制必試而後命非有盛名如楊文公歐陽文忠蘇端明未嘗輒免故世尤以不

試爲重然故事苟甞兼攝雖僅草一制亦復免試渡江後從班多不備官故外制多兼攝者及後爲真皆循例得免近歲有偶未兼攝而徑除者又特降旨免試焉

國朝宰相執政既罷政事雖居藩府恩典皆殺政和中始置宣和殿大學士以蔡攸爲之俸賜禮秩悉視見任二府其後踵之者其弟偹其子行而孟昌齡王革高伸亦繼爲之然皆領宫觀使或開封府殿中省職事未甞居外

及革出鎮大名仍舊職以行而恩典悉如在京師其後蔡靖以資政殿學士知燕山府久之亦進是職再任恩數加之雖前宰相亦莫及矣

先友崔陟字洨明年未二十舉進士待試京師一夕夢人告曰汝父攘羊恐不復見汝登科矣及寤意大惡之既果被黜還家見有羊毛積後垣下問何自得之其父曰昨有羊突入吾舍者吾既烹而食之矣陟因大驚而不敢

言所夢未幾其父卒後數年乃登第後坐元符末上書論時事編入黨籍仕宦連蹇不進先公領裕民局辟爲檢討官未幾局罷後以宿州通判終

宗室士暕字明發少好學喜爲文多技藝嘗畫韓退之皇甫持正訪李長吉事爲高軒過圖極蕭灑一時名士皆爲賦之又嘗學書於米元章予嘗見所藏元章一帖曰草不可妄學黄庭堅鍾離景伯可以爲戒而魯直集中有

荅僧書云米元章書公自鑒其如何不必同蘇翰林玄論也乃知二公論書素不相可如此

程嗣真字儒臣文簡公之子也少喜學書自謂獨得古人用筆之妙嘗評近代能書者曰蘇才翁書筆勢遲怯吳越人無識頗學之自余爲辨之後此間人亦知非也蔡君謨但能模學前人點畫及能草字而已周子發書妙出前輩至於草書殊未得自悟之意古人自悟

者惟張旭與余而已錢塘關氏蓄其書數卷
信爲高古今世不復見矣
張友正字義祖退傅鄧公之子自少學書常居
一小閣上杜門不治他事積三十年不輟遂
以書自名　神宗嘗評其草書爲本朝第一
予頃在館中與其族孫巨山同舍嘗出所藏
義祖家書數卷每幅不過數十字便了詞語
皆如晉宋間人蓋閲古書之久不自知其然
也

杜岐公既致仕還家年已七十始學草書即工余嘗於其孫鼎家見一帖論草書曰草書之法當使意在筆先筆絕意在爲佳耳筆勢縱逸有如飛動紙尾書時年七十八字又見有少時所節史記一編字如蠅頭字字端楷首尾如一又極詳備如禹本紀九州所貢名品略具蘇子瞻作李氏山房記言余猶及見老儒先生自言其少時欲求史記漢書而不可得幸而得之皆手自書日夜讀誦惟恐不及

正此類邪

蘇丞相子容留守南都劉丞相莘老簽書判官事時年尚少蘇公大器愛之元祐中劉公爲右僕射兼中書侍郎蘇公爲尚書左丞同秉政嘗因祠事各居本省致齋劉公有夜直中書省寄左丞子容公詩曰膺門蚤歲預登龍儉幙中間託下風敢謂彈冠煩貢禹每思移疾避胡公論文青眼今猶在報國丹心老更同夜直沉迷坐東省齋居清絕望南宮蘇公

和曰五年班綴望夔龍曾託帡幪庇雨風末
路自憐黃髮老蚕時曾識黑頭公升沉不改
交情見出處雖殊趣舍同謾扣蕪音荅高唱
終慚下管應清宮蘇門下子由時爲右丞亦
和曰雷雨年年起卧龍穆然臺閣有清風一
時畫諾雖云舊晚歲吁俞本自公松竹經寒
俱不改鹽梅共鼎固非同新詩和徧東西府
律吕更成十二宮時朝廷和此詩者甚衆往
往見於名士文集中

神宗患本朝國史之繁嘗欲重修五朝正史通爲一書命曾子固專領其事且詔自擇屬官曾以彭城陳師道應詔朝廷以布衣難之未幾撰 太祖皇帝總叙一篇以進請繫之
太祖本紀篇末以爲國史書首其説以爲
太祖大度豁如知人善任使與漢高祖同而漢祖所不及者其事有十因具論之累二千餘言 神宗覽之不悦曰爲史但當實録以示後世亦何必區區與先代帝王較優劣乎

且一篇之賛已如許之多成書將復幾何於
是書竟不果成
祖宗時諸路帥司皆有走馬承受公事二員一
使臣一官者屬官也每季得奏事京師軍旅
之外他無所預　徽宗朝易名廉訪使者仍
俾與監司序官凡耳目所及皆以聞於是與
帥臣抗禮而脅制州縣無所不至于時頗患
苦之宣和中先公守北門有王褒者宦者也
來爲廉訪使者在輩流中每以公廉自喜且

言素仰先公之名德極相親事會入奏回傳宣撫問畢因言比具以公治行奏聞上意甚悦行召還矣先公退語諸子意甚耻之故謝表有曰老若李鄘久自安於外鎮才非蕭傅敢雅意於本朝長兄惇義之文蓋具著先公之意也唐書李鄘傳爲淮南節度使先是吐突承璀爲監軍貴寵甚鄘以剛嚴治相禮禪稍厚善承璀歸數稱薦之召拜門下侍郎同平章事鄘不喜由宦倖進及出祖樂作泣下謂諸將曰吾老安外鎮宰相豈吾任乎至京師不肯視事引疾固辭改戶部尚書

方王氏之學盛時士大夫讀書求義理率務新

奇然用意太過往往反失於鑿有稱老杜禹廟詩最工者或問之對曰空庭垂橘柚謂厥包橘柚錫貢也古屋畫龍蛇謂驅龍蛇而放之菹也此皆著禹之功也得不謂之工乎

崇寧初蔡太師持紹述之說爲相既悉取元祐廷臣及元符末上書論新法之人指爲謗訕而投竄之又籍其名氏刻之於石謂之黨籍碑且將世世錮其子孫其後再相也亦自知其太甚而未有以爲說葉左丞爲祠部郎從

容謂之曰夢得聞天下有道則庶人不議今舉籍上書之人名氏刻之於石以昭示來世恐非所以彰先帝之盛德也蔡大感寤其後黨禁稍弛而碑竟仆焉胡尚書直孺聞之歎曰此人宜在君側

祖宗時有官人在官應進士舉謂之鎖廳者謂鎖其廳事而出而後世因以有官人登第謂之鎖中甚無義理

漢書食貨志鹽鐵丞孔僅咸陽言山海天地之

藏宜屬少府陛下弗私以屬大農佐賦顧募民日給費因官器作鬻鹽官與牢盆注蘇林曰牢價直也今世言顧手牢如淳曰盆鬻鹽盆也鬻古煮字今煎鹽之器謂之盤以鐵爲之廣袤數丈意盆之遺制也今鹽場所用皆元豐間所爲製作甚精非官不能辦然亦有編竹爲之而泥其中者烈火然其下而不焚物理有不可解至如此

韓忠獻公罷相初授守司徒兼侍中鎮安武勝

軍節度使公引故事以爲祖宗舊制惟宗室
近屬方授兩鎮臣若踰越常制是開邇臣希
望僭忒之源　神宗不從固辭至于再三乃
改授淮南節度使元豐間文潞公加兩鎮亦
不敢拜

陳正字死已　世家彭城後生從其游者常十數
人所居近城有隙地林木間則與諸生倘佯
林下或愀然而歸逕登榻引被自覆呻吟久
之矍然而興取筆疾書則一詩成矣因揭之

壁間坐卧哦詠有竄易至月十日乃定有終不如意者則棄去之故平生所爲至多而見於集中者纔數百篇今世所傳率多雜僞唯魏衍所編二十卷者最善

魏衍者字昌世亦彭城人從無已游最久蓋高弟也以學行見重於鄉里自以不能爲王氏學因不事舉業家貧甚未嘗以爲戚唯以經籍自娱爲文章操筆立成名所居之居曰曲肱軒自號曲肱居士政和間 先公守徐招

實書館俾余兄弟從其學時年五十餘矣見
異書猶手自抄寫故其家雖貧而藏書亦數
千卷建炎初死於亂平生所爲文今世無復
存者良可歎也
魏昌世言無己平生惡人節書以爲苟能盡記
不忘固善不然徒廢日力而已夜與諸生會
宿忽思一事必明燭繙閱得之乃已或以爲
可待旦者無己曰不然人情樂因循一放過
則不復省矣故其學甚博而精尤好經術非

如唐之諸子作詩之外他無所知也
劉待制安世晚居南京客或問曰待制閑居何以遣曰正色對曰君子進德脩業唯日不足而可遣乎
曾尚書楙喜理性之學中年提舉淮西學事遊五祖山憑欄恍若有所得者因爲偈曰四大本空五蔭皆藴靈臺一點常現圓明
舊制輔臣典藩監司客位下馬就廳上馬先公頃在北都時諸使者守此制甚謹每相訪將

起必牽馬就廳索轎再三乃敢登轎
韓獻肅公再相其弟黄門公在翰苑當制其後
曾丞相子宣拜相時其弟子開爲翰林學士
當制初子開除吏部郎中子固掌外制告詞
子固爲之近歲中書舍人當制而兄弟有除
授多引嫌俾以次官行
新唐書初成時韓忠獻公當國以其出於兩人
文體不一恐惑後世遂建請詔歐陽文忠公
別加删潤以一之公固辭獨請各出名從之

王銍云

劉羲仲字壯輿道原之子也道原以史學自名羲仲世其家學嘗摘歐陽公五代史之訛誤爲糾繆以示東坡東坡曰往歲歐陽公著此書初成王荆公謂余曰歐陽公修五代史而不修三國志非也子盍爲之乎余固辭不敢當夫爲史者網羅數十百年之事以成一書其間豈能無小得失邪余所以不敢當荆公之託者正畏如公之徒掇拾其後耳

乾德二年以兵部侍郎吕餘慶薛居正並本官叅知政事先是已命趙普爲相欲命居正等爲之副而難其名稱詔問翰林承旨陶穀下丞相一等者有何官對曰唐有叅知政事叅知機務故以命之仍令不宣制不押班不知印不外政事堂止令就宣徽使廳上事殿庭别設塼位於宰相後勑尾署銜降宰相數字月俸雜給半之蓋帝意未欲居正等名位與普齊也史臣錢若水等曰按唐故事裴寂爲

右僕射叅知政事杜淹爲御史大夫叅議朝政魏徵爲秘書監叅議朝政蕭瑀爲特進叅議政事劉洎爲門下侍郎叅知政事劉幽求爲中書舍人叅知機務然並宰相之任也又高宗甞欲用郭待舉等叅知政事旣而謂崔知温曰待舉等歷任尚淺未可與卿等同稱遂令於中書門下同承受進止平章事以此言之平章事亞於叅知政事矣今穀不能遠引漢御史大夫亞丞相故事爲對黻以叅知

政事爲下丞相一等觳失之矣議者惜之余
以謂凡此官稱皆唐一切之制非有高下等
級著爲定令也亦何常之有至唐中葉以後
雖左右僕射不兼平章事皆不爲宰相則平
章之重也久矣故本朝因之旣政事自中書
門下出則平章事固中書門下之長官也御
史臺自爲風憲之地今一旦以御史大夫廁
於中書門下之列獨不爲紊亂乎如必用漢
制者則丞相以下舉易其名可也史臣之論

亦未爲允

凡帶職諸學士結銜皆在官上待制修撰乃在官下宣和間薛太尉昻罷節度使改授資政殿大學士時寄禄官已至特進故特結銜在官下其後遂爲故事特進授學士結銜皆在官下云

詩人之盛莫如唐故今唐人之詩集行於世者無慮數百家宋次道龍圖所藏最備嘗以示王介甫且俾擇其尤者公既爲擇之因書其

後曰廢日力於斯良可歎也然欲知唐人之詩者眡此足矣其後此書盛行於世唐百家詩選是也

陳叅政去非少學詩於崔鷗德符嘗請問作詩之要崔曰凡作詩工拙所未論大要忌俗而已天下書雖不可不讀然慎不可有意於用事去非亦嘗語人言本朝詩人之詩有慎不可讀者有不可不讀者慎不可讀者梅聖俞不可不讀者陳無已也

滕龍圖達道布衣時嘗爲范文正公門客時范公尹京而滕方少年頗不羈輒往往潛出狹邪縱飲范公病之一夕至書室中滕已出矣因明燭觀書以俟意將媿之至夜分乃大醉而歸范公陽不視以觀其所爲滕略無懾懼長揖而問曰公所讀者何書也公曰漢書也復問漢高祖何如人公逡巡而入

劉丞相莘老初拜右僕射表略曰命相之難爲邦所重惟皇盛世尤慎此官君臣賡歌今百三

十載勳業繼踵裁五十三人劉公拜相實元祐五年庚午距今紹興十年庚申五十年矣繼踵爲相者又二十有八人通前凡八十人焉

王荆公司馬温公吕申公黄門韓公維仁宗朝同在從班特相友善暇日多會於僧坊往往談燕終日他人罕得而預時目爲嘉祐四友

吕太尉惠卿赴延安帥道出西都時程正叔居里中謂門人曰吾聞吕吉甫之爲人久矣而

未識其面明旦西去必經吾門我且一覘之
迨旦了無所聞詢之行道之人則曰過巳久
矣而道旁多不聞者正叔歎曰夫以從者數
百人馬數十行道中而能使悄然無聲馭衆
如此可謂整肅矣其立朝雖多可議其才亦
何可掩也

太僕寺揔諸馬監斥賣糞土歲入緡錢甚多常
别籍之以待朝廷不時之須紹聖間宗室令
鑠爲太僕卿性勤吏事檢覈出納未嘗少怠

吏不能欺居數年積錢倍於常時至數十萬
緡一日與其貳以職事同對　哲宗問聞馬
監積錢甚多其數幾何令鑠唯唯再問則對
曰容契勘別具奏聞既退其貳怪之問曰公
平時鈎校簿書如此其勤今日上問奈何不
以實對令鑠歎曰天子方富於春秋以區區
馬監而聞積錢如此其多謂天下之富稱是
吾故不對懼啓上之侈心也貳謝非所及此
事先公言之

政和中杜相充以列卿使遼時新更左右僕射爲太宰少宰既至虜館伴者問南朝新定宰相官名亦有據乎杜曰曾讀周禮否虜不悅曰周禮豈不嘗讀正以周官太宰卿一人則天官之長也小宰中大夫一人其屬耳安得相抗而爲二宰哉杜無以應及還以失言被黜

近歲使相節度使惟加檢校封邑則降麻若除知判州府止舍人命詞領宮觀又止降勑

唐中葉以後宰相兼判度支最爲重任 國朝
開寶五年嘗命叅知政事薛居正兼提點三
司淮南江南諸路水陸轉運使呂餘慶兼提
點三司荆湖廣南諸路水陸轉運使明年薛
拜相仍領轉運使事又命平章事沈義倫兼
提點劍南轉運使盖襲唐之遺制也 仁宗
朝司馬温公爲諫官以天下財用不足建請
置總計使用輔臣領之以總天下之財紹興
初孟觀文庾以叅知政事兼總制户部財用

然不入銜

宣和中三公三孤皆具太師三人蔡京童貫鄭紳太傅一人王黼太保二人鄭居中蔡攸少師一人梁師成少傅一人余深少保二人鄧洵武楊戩

景德四年詔皇姪武信軍節度使惟吉立班在鎮安軍節度使石保吉之上惟吉保吉俱帶平章事而保吉先拜　真宗令史館檢討故事准唐武德中詔宗姓宜在同品官之上從

之今職制令叙位以國姓爲上雖非宗室而同姓皆居庶姓之右

余頃見史院神宗國史藁富韓公傳稱少時范仲淹一見以王佐期之蔡太師大書其旁曰仲淹之言何足道哉

宣和中王鼎爲刑部尚書年甫三十時盧樞密益盧尚書法原俱爲吏部侍郎而並多髯王謿之曰可憐吏部兩胡盧容貌威儀摠不都盧尚書應聲曰若要少年并美貌須還下部

小尚書聞者以爲快

近世士大夫家祭祀多苟且不經惟杜正獻公家用其遠祖叔廉書儀四時之享以分至日不設倚卓唯用平面席褥不焚紙幣以子弟執事不雜以婢僕先事致齋之類頗爲近古又韓忠獻公嘗集唐御史鄭正則等七家祭儀參酌而用之名曰韓氏參用古今家祭式其法與杜氏大略相似而參以時宜如分至之外元日端午重九七月十五日之祭皆不

廢以爲雖出於世俗然孝子之心不忍違衆而忘親也其説多近人情最爲可行

張文定公安道平生未嘗不衣冠而食嘗暑月與其壻王鞏同飯命鞏褫帶而已衫帽自如鞏顧見不敢公曰吾自布衣諸生遭遇至此一飯皆君賜也享君之賜敢不敬乎子自食某之食雖袒衣無害也

范忠宣公守許昌鄒侍郎志完爲教授嘗因宴集吏請樂語公命鄒爲之鄒辭以爲備官師

儒而爲樂語恐非所宜公深引咎謝焉自是大相知元符中鄒以諫官論立后事由是知名然世所傳疏其辭詆訐蓋當時小人僞爲之以激怒者也其子柄後因賜對首辨此事且繳元疏副本上之詔以付史館予嘗得見之緩而不迫薰然忠厚之言也

李修撰夔丞相綱之父也政和中除守南陽迓者至問帑廩所積幾何吏對尚可支半年夔驚曰吾聞國無三年之儲國非其國也今止

半年何可爲哉即日上章請官祠

趙畯字德進宋城人少治易時龔深甫易解新出世未多見畯聞考城一士人家有之則徒步往見獨携餅十數枚以行既至其門求見主人問以借書之事意頗以爲難而命之飯畯辭曰所爲來者欲見易解耳非乞食也主人嘉其意方許就傳因館之一室中畯闔户書夜寫録飢則啖所携之餅數日而畢歸書主人長揖而還　先公應舉時與之同場屋

其被黜之明日往唁之叩門久方譍窺其何爲則抄書如平時其勵志如此後數年始登科然迄以剛故寡所合　先公初秉政薦爲勑令所删定官方攺京秩晩節益不喜仕築室南都城北杜門不交人事有園數畝雜植花木日居其間鄉人目之爲獨樂園然晩復再娶年頗相懸劉待制器之戲曰豈謂獨樂園中乃有少室山人乎建炎初鄉人競爲還徙計畯獨留鄉里自如及劉豫僭號起爲郎

官聞命不食數日而卒時年七十餘矣
國朝㕔差遣多結銜在官上內則如樞密使副
使三司使外則如轉運使副使提點刑獄皆
然官制後悉移在下唯奉使外國者猶如故
近歲皆在下矣
吴少宰敏 政和間爲中書舍人年方二十八後
爲給事中罷宣和末年復召爲給事中內禪
之夕驟拜門下侍郎未幾遷知樞密院明年
遂拜少宰時三十八數月之間周歷三省樞

密院頃所未有也

范僕射宗尹爲叅知政事時年三十一拜相時三十二卒時三十九然有五子皆已娶婦兼有孫數人論者謂其享年雖不永而人間之事略備豈物理亦有乘除也歟

劉貢甫舊與王荆公游甚款荆公在從班貢甫以館職居京師每相過必終日其後荆公爲叅知政事一日貢甫訪之值其方飯使吏延入書室中見有藁草一幅在硯下取視之則

論兵之文也貢甫性強記一過目輙不忘既讀復寘故處獨念吾以庶僚謁執政徑入其便坐非是因復趨出待於廡下荆公飯畢而出始復邀入坐語久之問貢甫近頗爲文乎貢甫曰近作兵論一篇草創未就荆公問所論大槩如何則以所見藁草爲己意以對荆公不悟其嘗見己之作也默然良久徐取硯下藁草裂之盖荆公平日論議必欲出人意之表茍有能同之者則以爲流俗之見也

蘇黃門子由南遷既還居許下多杜門不通賓客有鄉人自蜀川來見之伺候於門彌旬不得通宅南有叢竹竹中爲小亭遇風日清美或徜徉亭中鄉人既不得見則謀之閽人閽人使待於亭旁如其言後旬日果出鄉人因趨進黃門見之大驚慰勞久之曰子姑待我於此翩然復入迨夜竟不復出

范忠宣謫居永州客至必見之對設兩榻多自稱老病不能久坐徑就枕亦授客一枕使與

已對臥數語之外往往鼻息如雷客待其覺有至終日迄不得交一談者

先公守南都時有直秘閣張山者開封人判留司御史臺事年八十餘矣視聽步履飲食悉如少壯或問何術至此曰吾無他術但頃嘗遇異人授一藥服之數十年未嘗一日輟耳其法用香附子薑黄甘草三物同末之沸湯點㞐起空心服三四錢名降氣湯以爲人所以多疾病者多由氣不降故下虚而上實此

藥能導之使歸下爾鄉人有効之者或返致虛弱蓋香附子薑黃瀉氣太甚而然不知山何以獨能取効如此意其別有他術特託此藥以罔人及渡江見一武官王昇者亦七十餘矣康強無疾問何所服食則與山正同而後知人之於藥各有所宜不可強也

唐史載姚崇爲相與張說不協他日朝崇曳踵爲有疾狀帝召問之因得留語又蔣伸爲翰林學士宣宗雅愛信一日因語合旨三起三

留曰他日不復獨對卿矣伸不喻未幾以本官同平章事以此言之則唐宰相不得獨對矣本朝宰執日同進呈公事遇欲有所咨啓必先語閤門使奏知進呈罷乃獨留謂之留身此與唐制頗異

趙康靖公槩既休致居鄉里宴居之室必寘三器几上一貯黄豆一貯黒豆一空又間投數豆空器中人莫喻其意所親問之曰吾平日興一善念則投一黄豆興一惡念則投一黒

豆用以自警始則黑多於黃中則黃多於黑
近者二念俱亡亦不復投矣
仁宗一日語輔臣曰聞富弼在青州以賑濟流
民爲名聚衆十餘萬人且爲變如何衆未及
對時王文安公堯臣爲參知政事越次進曰
陛下何以知之　仁宗曰姑言何以處無問
所從得也公固請不已　仁宗曰有內臣出
使回言之公曰富弼本以忠義聞天下豈應
有此但內臣敢誣大臣而罔主聽如是不治

則亂之道也　仁宗寤立點官者
功臣號起於唐德宗時朱泚之亂既平凡從行
者悉賜號奉天元從定難功臣其後凡有功
者咸被賜寖相踵爲故事　本朝循此制宰
相樞密使初拜賜焉叅知政事樞密副使初
除或未賜遇加恩乃有之刺史以上止加階勳
勳高者亦或賜中書樞密賜推忠協謀同德
佐理餘官則推誠保德奉義翊戴掌兵則忠
果雄勇宣力外臣則純誠順化每以二字協

意或造或因取爲美稱宰臣初加即六字餘並四字其進加則二字或四字多者有至十餘字又有崇仁佐運守正忠亮保順宣忠亮節之號文武迭用焉中書樞密所賜若罷免或出鎮則改亦有不改者其諸班直禁軍將校賜拱衛供奉之號遇加恩但改其名不過兩字元豐中 神宗既累却群臣尊號之請大臣將順因請并罷功臣之名詔從之近歲始復以賜大將然皆創爲之名非復舊制矣

元豐官制既罷館職獨置祕書監少監丞郎著作郎佐郎校書郎正字謂之祕書省職事官然不兼領他局專以校讎著撰爲職元祐間復置館職又詔輔臣悉舉所知策試於學士院已乃隨官秩資序或授以祕閣集賢校理或領内外職任不必專在館中校書郎正字凡試中者蒲二年乃授校理紹聖初復罷之建炎間張叅政守建請復召試館職然既試止除祕書省職事官而校理直院之職迄下

復置蓋考之不詳也

元祐執政大抵欲叅用　祖宗官制既復館職又俾侍從官咸帶職爲之任尚書二年乃除直學士御史中丞至諫議大夫滿一年除待制而以職爲行守試時議者多以爲無益事實而徒爲紊亂然余觀元豐官制既職事官各有雜壓則既上者不可以復下故自六尚書翰林學士而除中丞六曹侍郎而除給舍諫議非不美而不免爲左遷若使帶職而爲

之則無此嫌矣如蘇黄門自翰苑除中丞帶
龍圖閣學士鄭閎中穆甞爲給事中後復以
寶文閣待制爲國子祭酒及前執政入爲尚
書皆帶殿學士之類既近於爲官擇人之義
且於人品秩無傷此則帶職爲便其餘自依
官制可也
在京局務各隨其類有所隷給事中本通進銀
臺司之任則進奏院隷焉諫官以言爲職所
以通天下之壅塞則登聞鼓院檢院隷焉秘

書省著作局掌書日曆則太史局隸焉太常禮樂之司則教坊隸焉

包孝肅公之尹京也初視事吏抱文書以伺者盈庭公徐命闔府門令吏列坐階下校數之以次進取所持案牘徧閱之既閱即遣出數十人後或雜積年舊牘其間詰問辭窮蓋公素有嚴明之聲吏用此以試且困公公悉峻治之無所貸自是吏莫敢弄以事文書益簡矣天府雖稱浩穰然事之所以繁者亦多吏

所爲　本朝稱治天府以孝肅爲最者得省事之要故也

元祐初再復制科獨謝悰中格特賜進士出身補大郡職官悰具狀辭免去所有告勑未敢祇受而以祇爲祇以受爲授士大夫間傳以爲笑諫官劉器之疏論之曰昔唐之省中有伏獵侍郎爲嚴挺之所譏而罷今陛下方當右文之代初復制舉豈容有祇授賢良乎悰字公定希深之孫亦有文采祇授蓋筆誤也

熈寧間蘇丞相奉使契丹道過北京時文潞公爲留守燕會欵文公因問魏收有通峭難爲之語人多不知通峭何謂蘇公曰問之宋元憲公云事見木經蓋梁上小柱名取有折勢之義耳蘇公以文人多用近語而未及此乃用是語爲一詩紀席上之事獻文公曰高燕初陪聽拊鞾清譚仍許奉揮犀自知伯起難通峭不及淳于善滑稽舞奏未終花十八酒行先困玉東西荷公德度容狂簡敢忘懷

去町畦

公卿三品以上旣薨其家録行狀上尚書省請
謚考功移太常禮院議定愽士撰議考功審
覆刺都省集合省官叅議具上中書門下宰
臣判準始録奏聞敕付所司即考功録牒以
未葬前賜其家省官有異議者聽具議以聞
然故事集議曰請謚之家例設酒饌厥費不
貲或者憚此因不復請景祐中宋宣獻公判
都省建言考行易名用申勸沮而饗其私饋

頗非政體請自今官給酒食從之然亦有其家不自請而人爲之請而得謚者若楊侍讀徽之既卒久之其外孫宋宣獻公爲請而謚文莊宋尚書祁既薨張安道爲請而謚景文張公既薨遺命毋得請而蘇黄門子由援此二例爲言遂謚文定兵興以來請謚之禮幾廢張慤中書卒汪翰林藻爲之請遂謚忠穆然有司自定而已非復集官參議也

國朝以來凡謚者多褒其善而已未有貶其惡

者惟錢文僖惟演初請謚博士張瓌議以爲惟演甞坐黨附外戚及妄議附廟爲憲司所糾左降偏郡位兼將相而貪慕權要因合敏而好學貪以敗官二法謚曰文墨其子曖訴于朝禮官議以爲惟演自左降後能率職自新應追悔前過之法宜謚曰思其後曖等復訴不已竟改文僖陳執中丞相初請謚韓持國黄門時爲博士合寵禄光大不勤成名二法謚之曰榮靈張文定公疏論其非因詔太

常再議衆禮官議應不懈于位之法曰恭考功楊南仲請謚曰恭襄何剡客直請謚爲厲屯田員外郎黄師旦乞謚爲榮尚書省衆議從恭詔從衆議

凡侍從官以上乞致仕者雖優進官資而不許帶職熙寧中始許仕者仍帶舊職於是王懿敏公素首以端明殿學士致仕未幾歐陽文忠公又以觀文殿學士太子少師致仕會韓魏公寄詩賀之公和篇曰報國勤勞已蔑聞

終身榮遇最無倫老爲南畝一夫去猶是東宫二品臣侍從籍通清切禁嘯歌行作太平民欲知念舊君恩厚二者難兼始兩人葢謂是也官制行職事官致仕仍許帶職事官著爲令

唐制禮部郎官掌百官牋表故謂之南宫舍人國朝常擇館閣中能文者同判禮部便掌牋表有印曰禮部名表之印王文恭 珪 初以館職爲之其後就轉知制誥又就遷學士仍領

辭不受曰御史中丞歲時率百官上表而反令學士舍人掌詔誥之臣主爲繕辭定草既輕重不倫亦事躰未便今失之尚近可以改正欲乞檢會舊例以禮部名表印擇館職中有文者付之則名分不爽矣議者是之及官制行遂復唐之舊云

李才元大臨仕 仁宗朝爲館職家貧甚僮僕不具多躬執賤役一日自秣馬會例賜御書使者及門適見之嗟嘆而去歸以白 上

上大驚異他日以語宰相遂命知廣安軍劉
原甫爲賦詩美其事熈寧中爲知制誥坐封
還李定除御史詞頭與宋次道蘇子容俱得
罪於是名益重云待詔先生窮巷居簞瓢屢
空方晏如目探井曰秣羸馬却整衣冠迎賜
書王人駐車久歎息天子聞之動顏色飽死
曾不及侏儒牧民曾肯輸筋力詔書朝出蓬
萊宫繡衣還鄉由上衮君今已作三千石亦
復將爲第五公右原父贈才元詩也

却掃編卷下

京城士大夫自宰臣至百執事皆乗馬出入司馬温公居相位以病不能騎乃詔許肩輿至内東門盖特恩也建炎初　駐蹕楊州以通衢皆塼甃霜滑不可以乗馬特詔百官悉用肩輿出入

范文正公自京尹謫守鄱陽作堂於後圃名曰慶朔未幾易守丹陽有詩曰慶朔堂前花自裁便移官去未曾開如今憶著成離恨秪託

春風管句來予昔官江東嘗至其處僉龍詩壁間郡人猶有能道當時事者云春風天慶觀道士也其所居之室曰春風軒因以自名公在郡時與之遊詩盖以寄道士云

汪彦章言頃行淮西一驛舍中壁間有王荊公題字曰郵亭橋梁不脩非政之善飾厨傳以稱過使客又於義有不足如此足矣

歐陽文忠公始自河北都轉運謫守滁州於琅邪山間作亭名曰醉翁自爲之記其後王詔

守滁請東坡大書此記而刻之流布世間殆家有之亭名遂聞於天下政和中唐少宰恪守滁亦作亭山間名曰同醉自作記且大書之立石亭上意以配前人云

東坡既南竄議者復請悉除其所爲之文詔從之於是士大夫家所藏既莫敢出而吏畏禍所在石刻多見毁徐州黄樓東坡所作而子由爲之賦坡自書時爲守者獨不忍毁但投其石城濠中而易樓名觀風宣和末年禁稍

弛而一時貴游以蓄東坡之文相尚鬻者大見售故工人稍稍就濠中摹此刻有苗仲先者適爲守因命出之日夜摹印既得數千本忽語僚屬曰蘇氏之學法禁尚在此石柰何獨存立碎之人聞石毁墨本之價益增仲先秩滿攜至京師盡鬻之所獲不貲

國朝財賦之入兩稅之外多有因事所增條目甚繁當官者旣不能悉其詳吏因得肆爲姦利民用重困　仁宗朝或請凡財賦窠名

宜隨類併合使當官者易於省察可以絶吏
姦論者皆以其言爲然時程文簡公琳爲三
司使獨以爲不可曰今隨類併合誠爲簡便
然既没其窠名莫可稽考他日有興利之臣
必復增之則病民益甚矣於是衆莫能奪
宗室令畤少有俊名一時名士多與之遊元祐
間執政薦之簾前欲用以爲館職曰令畤非
特文學可稱吏能亦自精敏其爲人材實未
易得　宣仁后曰皇親家惺惺者直是惺惺

但不知德行如何不如更少待於是遂止建炎間余避地饒州之德興縣令時時亦在焉自言如此

國朝制科初因唐制有賢良方正能直言極諫經學優深可爲師法詳明吏理達於教化凡三科應内外職官前資見任黄衣草澤人並許諸州及本司解送上吏部對御試策一道限三千字以上成咸平中又詔文臣於内外幕職州縣官及草澤中舉賢良方正各一人

景德中又詔置賢良方正能直言極諫博通墳典達於教化才識兼茂明於體用武足安邊洞明韜略運籌決勝軍謀宏遠材任邊寄詳明吏理達於從政等六科天聖七年復詔應內外京朝官不帶臺省館閣職事不曾犯贓罪及私罪情理輕者並許少卿監以上奏舉或自進狀乞應前六科仍先進所業策論十卷卷五道候到下兩省看詳如詞理優長堪應制科具名聞奏差官考試論六首合格

即御試策一道又置高蹈立園沉淪草澤茂
才異等三科應草澤及貢舉人非工商雜類
者並許本處轉運司逐州長吏奏舉或於本
貫投狀乞應州縣體量有行止別無玷犯者
即納所業策論十卷卷五道看詳詞理稍優
即上轉運司審察鄉里名譽於部内選有文
學官再看詳實有文行可稱者即以文卷送
禮部委主判官看詳選詞理優長者具名聞
奏餘如賢良方正等六科熙寧中悉罷之而

令進士廷試罷三題而試策一道建炎間詔
復賢良方正一科然未有應詔者
哲宗初眷遇范忠宣公最厚元祐末再相屬
宣仁上僊以舊臣例請退上再三堅留之不
可則以觀文殿大學士知陳州陛辭上面諭
曰有所欲言附遞以聞至陳久之時元祐用
事之臣投竄江湖皆已踰歲即上章懇論請
悉放還其辭略曰竊見呂大防等竄謫江湖
已更年祀未蒙恩旨久困拘囚其人等或年

齒衰殘或素縈疾病不諳水土氣血向衰骨肉分離舉目無告將恐殞先朝露客死異鄉不惟上軫聖懷亦恐有傷和氣恭惟陛下聖心仁厚天縱慈明豈有股肱近臣簪履舊物肯忘軫惻常俾流離但恐一二執政之臣記其往事嫉之太甚以謂今日之愆皆其自取啓迪之際不爲詳陳殊不思呂大防等得罪之由只因持心失恕好惡任情以異已之人爲怨讎以疑似之言爲謗訕違老氏好還之誡

忽孟軻反爾之言誤國害公覆車可鑑豈可尚遵前轍靡恤効尤哉章既上即束裝計程既達且有命即大會僚佐中果被謫落職知隨州拜命畢交州事通判主席復就坐終宴而罷明日遂行

王侍郎渙之常言乘車常以顛墜勵之乘舟常以覆溺勵之仕宦常以不遇勵之無事矣

東坡初欲爲富韓公神道碑久之未有意思一日晝寢夢偉丈夫稱是寇萊公來訪已共語

久之既即下筆首叙景德澶淵之功以及慶曆議和頌刻而就以示張文潛文潛曰有一字未甚安請試言之蓋碑之末初曰公之勳在史官德在生民天子虛已聽公西戎北狄視公進退以爲輕重然一趙濟能搖之竊謂能不若敢也東坡大以爲然即更定焉

王文安公堯臣登第之日狄武襄公始隸軍籍王公唱名自内出傳呼甚寵觀者如堵狄公與儕類數人立於道傍或歎曰彼爲狀元而

吾等始爲卒窮達之不同如此狄曰不然顧
才能如何爾聞者笑之後狄公爲樞密使王
公爲副適同時焉

唐諸鎮節度使皆有上佐副使行軍長史司馬
之類是也名位率與主帥相亞往往代居其
任董晉以故相在宣武陸長源以御史大夫
爲之司馬裴晉公以宰相領彰義節度馬揔
以刑部侍郎爲之副使其後皆因補其處國
朝咸平中張文定公齊賢以右僕射爲邠寧

環慶等州經略使兼判邠州元奏請户部員外郎直史館曾致堯爲判官慶曆中西邊用兵始用夏英公以宣徽南院使爲陝西經略招討使而韓魏公范文正公皆以雜學士爲副使又别置判官皆唐之上佐類也其後逐路設經略安撫使亦置判官一員兵罷皆省熙寧中吕汲公建言今緣邊經略使獨任一人而無僚佐謀議之助雖有副摠管鈐轄之屬皆奉節制備行陣非有折衝决勝之略預

於其間朝廷每除一帥幸而得能者則一路兵民實受其賜不幸不才與焉則是以三軍之衆一聽庸人所爲也請諸路經略使各置副使或判官一人朝廷選差素有才略職司以上人充參謀一人委經略使奏辟知邊事有謀略知縣以上人充蓋自古設官必置貳立副者所以紓危難而適時用聚聰明而濟不及也如此則可用之士不以下位而見遺中材之帥又以人謀而獲濟兼得以博觀已

試之効以備緩急之用不報建炎三年詔兩浙西路江南東路江南西路各置安撫大使浙西治鎮江府江東治池州江西治洪州又置參謀參議各一人自是之後諸路往往有之矣

西京一僧院忘名其後有竹林甚盛僧開軒對之極蕭灑士大夫多遊集其間一日文潞公亦訪焉大愛之僧因具牓乞命名公欣然許之携牓以歸數月無耗僧往請則曰吾爲爾思

一佳名未之得也姑少待後半年方送牓還
題曰竹軒余觀士大夫立所在亭堂名當理
而無疵者極少潞公之語雖質然不可破也
東坡初爲趙清獻公作表忠觀碑或持以示王
荆公公讀之沉吟曰此何語邪時客有在傍
者遽指摘而詆訾之公不答讀至再三又携
之而起行且讀忽歎曰此三王世家也可謂
奇矣客大慙
熙寧元豐間有僧化成者以命術聞於京師蔡

元長兄弟始赴省試同往訪焉時問命者盈門彌日方得前既語以年月率爾語元長曰此武官大使臣命也他時衣食不闕而已餘不可望也語元度曰此命甚佳今歲便當登第十餘年間可爲侍從又十年爲執政然决不爲真相晚年當以使相終既退元長大病不言元度曰觀其推步鹵莽如此何足信哉更俟旬日再往訪之則可驗矣旬日復往僧已不復記識再以年月語之率爾而言悉如

前說兄弟相顧大驚然是年遂同登科自是相繼貴顯於元長則大謬如此而元度終身無一語之差以此知世所謂命術者類不可信其有合者皆偶中也

錢龍圖昂性剛介㫬惡人過稱官秩曰近歲士大夫例福薄或疑而問之答曰自己有官不自以爲稱而妄取他人官而稱之豈非福薄邪

翟資政公巽喜謿謔初爲祕書郎同列多見侮

誚時俞尚書㮚亦同在省中嘗會飲明旦瞿自外至抗聲問曰俞㮚安在衆愕然俞亦自失瞿徐曰吾問昨夕餘瀝欲復飲耳衆始大笑它日或諫止之瞿曰同列相謿戲三館之舊也吾欲修故事耳豈得已哉平日談論喜作文語雖對使令亦然爲中書舍人時後省有庖者藝頗精瞿亟稱之後更懈怠衆以尤瞿曰此小人也而公數稱奬之故令如此公自治之瞿不得已呼使前責曰汝以刀匕微能數見稱賞而敢踈慢如此使衆人以驕灌夫之罪歸汝文於汝安乎左右皆匿笑而庖竟不解爲何等語也

先公舊有小史曰柴援自言周室之裔頗能詩

嘗有寄遠詩曰別時指我堂前柳柳色青時望子時今日柳綿吹欲盡尚憑書去説相思又有客舍詩曰隻影寄空館蕭然飢鶴姿秋風北窻來問我歸何時其佳句可喜多此類先公屢欲官之未及而卒世謂詩能窮人此尤其甚者也

歐陽文忠公爲滑州通判有祕書丞孫琳者簽書判官事自言頃被差與崇儀副使郭谘均肥鄉縣税嘗創爲千步方田法公私皆利簡

當易行未幾召入爲諫官會朝廷方議均稅
因薦琳咨使試其法詔從其請起自蔡州一
縣以方田法均稅事方施行而議者多不言
便遂罷後秉政適復有旨置均稅司命官分
均陝西河北稅命下兩路騷然民爭斫伐桑
棗逃匿又群訴於三司者至數千人公復上
疏請罷之且言均稅一事本是臣先建言聞
今事有不便臣固不敢緘默也事亦尋寢
呂大尉惠卿元祐間貶建州紹聖初復起語人

曰吾在謫籍九年雖冷水亦不敢飲設有疾病則好事者必謂吾戚戚所致矣

汪彥章言頃有一士人忘其名初以進士登科後爲法官至刑部侍郎嘗有表曰臣本實儒生初非法吏清朝奪其素守白首困於丹書雖以文辭自名者無以過也

舊制召試館職詩賦各一篇治平中東坡被召自言久去場屋不能爲詩賦乃特詔試論二篇　神宗時御史吳申言試館職止於詩賦

非經國治民之急請罷詩賦試策三道問經史時務每道問十事以上以通否定高下去留於是詔自今試館職論一首策一道建炎再復試法唯策一道

東坡既謫黃州復以先知徐州日不覺察妖賊事取勘已而有旨放罪乃上表謝　神宗讀至無官可削撫已知危笑曰畏喫棒邪

張嵲舍人言柳子厚平生爲文章專學國語讀之既精因得掇拾其差失著論以非之此正

世俗所謂没前程者也又言子厚感遇二詩始終用太子事不知其何謂

陜人薛公度言少時猶及見司馬温公自洛中來夏縣上冢鄉人皆集父老或請曰願聞資政講書以爲鄉里之訓公欣然爲講孝經庶人章

元祐閒蔡太師以待制守永興值上元陰雨連三日不得出遊十七日雨止欲再張燈兩夕而吏謂長安大府常歲張燈所用膏油至多

皆預爲備今盡臨時營之決不能辦蔡固欲之或曰唯備城庫貯油甚多然法不可妄動亟命取用之已而爲轉運使所劾時呂汲公爲相見之曰帥臣妄用油數千斤何足加罪乎寢其奏不下

柳永耆卿以歌詞顯名于　仁宗朝官爲屯田員外郎故世號柳屯田其詞雖極工緻然多雜以鄙語故流俗人尤喜道之其後歐蘇諸公繼出文格一變至爲歌詞體製高雅柳氏

之作殆不復稱於文士之口然流俗好之自若也劉季高侍郎宣和間嘗飯于相國寺之智海院因談歌詞力詆柳氏旁若無人者有老宦者聞之默然而起徐取帋筆跪於季高之前請曰子以柳詞爲不佳者盍自爲一篇示我乎劉默然無以應而後知稠人廣衆中慎不可有所臧否也

王保和華爲開封尹專尚威猛凡盜一錢皆杖脊配流一日杖於市稠人中有擲書一冊其

旁者亟取視之則其卧中物也因大驚捕逐竟不得宣和末河北盗起以選出守大名憸酷彌甚得盗輙殺之然盗熾革自以殺人旣衆且懲開封之事常懼人圖己所居輙以甲士環繞然每對客必焚香吕本中舍人時從辟爲帥屬私語曰此正所謂兵衛森畫戟宴寢凝清香者也

徃歲吴中多詩僧其名徃徃見於前輩文集中予渡江之初猶見有規者頗以詩知名其爲

人性坦率其徒謂之規方外時年七十餘矣談論蕭散可喜臨終前數日有詩曰讀書已覺眉稜重就枕方欣骨節和睡起不知天早晚西牕殘日已無多葉右丞大愛之

國朝故事叙班以宰相爲首親王次之樞密使又次之乾興中王沂公拜同平章事曹利用以樞密使兼侍中充景靈宮使而沂公充會靈觀使遂班利用之下中外深以爲失天聖二年王冀公卒沂公遷玉清昭應宮使張文

節公知白以平章事兼會靈觀使及告謝皆集門廬候閤門定班次沂公當居首利用默不言而忿形于色閤門久不能決上意不欲特出指揮故但令有司裁定遣内侍監督久之承明殿已坐請班首姓名欲先啓奏沂公乃抗聲白但言宰臣王曾以下告謝班次始定熙寧初陳秀公升之拜相時文潞公以司空節度使兼侍中爲樞密使神宗以潞公三朝舊老欲優禮之故特詔班秀公上潞公引

曹利用事力辭且言臣忝文臣粗知義理不敢亂朝廷尊卑之序會王荆公亦言非是曰宰相之上豈容有他官霍光功烈權勢雖盛然猶序宰相下上於是從潞公之請宣和間王黼以太傅秉政蔡攸以太保領樞密院皆以真三公居位未幾白李二相拜太少宰遂詔二公班攸之下其後黼罷相復詔二相居攸上猶用故事也

舊制進士第三人以上及第人一任回並召試

館職制科第三等人一任回亦然仍並陞通判資序熈寧初詔釐革並令審官院依例與差遣

姚舜明侍郎初爲華亭令民有爲商者與一僕俱行踰期不歸其家訪之則已爲人所殺僕亦逸去其家意僕之所爲也捕得之執詣于官僕無以自明舜明詰其所以而不能言則械繫之廡下一日晨起聽訟而囚忽大哭舜明心疑之然未暇顧也訟者去呼囚問曰向

何爲哭因曰適見訟者乃殺吾主者也問何以知之曰見其身猶衣郎之衣今失此人我必濫死矣是以哭耳舜明聞之憫然欲物色之未知其方是夕適與同官宴集飲罷宗室監酒務者數人共登後圃高亭以憩有妓女不知人在亭上而溲於亭下宗室戲以物擊之則有白衣男子突起草間衆大驚亟命執之至則惶恐稱死罪曰殺商人者我也且訴事於邑而忽心動因悸不能行而伏於此適

見物墜於前疑爲捕以今果見獲我固當死
且送邑中具得所掠物遂寘其于法僕於是得
釋

蘇京字世美丞相子容之子也嘗爲許州觀察
判官時韓黄門持國知州事甚器愛之薦之
于朝其辭曰竊見其人讀書知義理臨事有
風力前輩之不妄稱人如此

在外州府宮觀舊惟西京嵩高福宮南京鴻慶宮
舒州靈仙觀鳳翔府上清太平宮兖州仙源

縣景靈宫太極觀皆有提舉管勾官熙寧初始詔杭州洞霄宫永康軍丈人觀亳州明道官華州雲臺觀建州武夷觀台州崇道觀成都府玉局觀建昌軍仙都觀江州太平觀洪州玉隆觀五岳廟太原府興安王廟皆置又增判三京留司御史臺國子監員盖以優士大夫之老疾不任職者而王荆公亦欲以寘異議之人也

舊制諸路監司屬官曰勾當公事建炎初避

今上嫌名易爲幹辦時軍與一切所置官司數倍平時而皆有屬官所置縱横有題於傳舍者曰北去將軍少南來幹辦多

宰相使相妻封國夫人執政節度使光禄大夫妻封郡夫人然不繫其夫之封爵有夫之爵方爲郡公郡侯而妻爲國夫人者有夫之爵方爲縣伯子男而妻爲郡夫人者又每遇大禮則加封有夫爲小郡小國公而妻爲大郡大國夫人者皆恐非是

翰林學士祖宗時多有别領他官如開封府三司使之類者不復歸院供視草之職故銜内必帶知制誥則掌詔命者也官制後雖不領他職然猶帶知制誥如故遇闕則以侍郎給舍兼直學士院近歲有以尚書兼權翰林學士者而不帶知制誥議者謂不若止稱直學士院

文臣換武諸司使以下則悉有定制正任以上則臨時取旨比舊官多不遷故慶曆間范韓

王龐四公皆以雜學士止得觀察使熈寧初王懿敏素以端明殿學士亦換觀察使建炎初孟郡王忠厚以徽猷閣直學士換承宣使邢開府煥以待制換觀察使非舊制也

宰執生日禮物舊多差親屬押賜例有書送物則赴閤門繳書申樞密院取旨出劄子許收乃下牓子謝恩雖子姪亦然王荆公爲相因生日差其子雱因上言父子同財理無饋遺取旨謝恩皆僞作竊恐君臣父子之間爲禮不

宜如此請自今應差子孫弟姪押賜並不用此例從之

宣和間童貫以太師領樞密院事爲河北東等路宣撫使有所陳請雖本院亦用申狀靖康間李丞相綱以知樞密院事出爲河北河東宣撫使始以謂既以輔臣出使不當復有所屈乃止用關關蓋都省樞密院自相往來文移之稱也其體與劄子大同而小異

樞密院承旨本吏人之名逐房又别置承旨副

承旨舊得遞遷至承旨太平興國七年以翰
林副使楊守一爲西上閤門使樞密都承旨
加都字及用士人皆自此其後復止以吏爲
之熙寧五年乃復以皇城使端州團練使李綬
充副都承旨且詔見樞密使副如閤門使禮
蓋以歷年不用士人接遇及所領職事都無
可考驗故也未幾又請鑄印詔止許印在院
文字不得別用以樞密承旨司印爲文五年
曾樞密孝寛自尚書比部員外郎集賢校理

同修起居注爲起居舍人充史館修撰兼樞密都承旨用文臣自此始其後多由此徑遷同知或簽書院事

劉資政珏靖康間爲太常少卿因檢視禮器庫見有故祭服甚多將建請以爲戰士衲衣有老吏諫曰祭器弊則埋之祭服弊則焚之禮也柰何以爲戰士衣乎劉嘿然無以應

邵博公濟言呂文靖公爲相其夫人馬氏因時節朝宫中慈聖謂曰今歲難得糟淮白夫人

家有之乎對曰有之容妾還家進入既歸索其家所有得二十合列之廡下文靖歸問何所用夫人對以中宮之言文靖命止進一合餘並留之夫人曰臣庶之家自相餉遺猶欲豐腆柰何靳之文靖曰此雖微物而禁中偶乏而吾家乃有如許之多可乎吾非靳也

漢書陳勝傳勝攻陳陳守令皆不在獨與守丞戰譙門中晉灼曰譙門義闕顔師古曰譙門謂門上爲高樓以望耳樓一名譙故謂美麗

之樓爲麗譙譙亦呼爲巢所謂巢者亦於兵車之上爲巢以望敵也今流俗本譙字下有城字非也譙城已下矣劉貢甫以謂譙陳之旁邑此適譙之門耳猶今京師有宋門鄭門之類也又田横傳髙祖曰横來大者王小者侯師古曰大者謂横身小者其徒衆也劉貢甫以謂者則也古人之語多如此謂横來大則王小則侯耳方是時從起蜀漢功臣未盡封安得地封田横之徒衆乎盖劉原甫與原

甫之子仲馮皆精於漢書每讀隨所得釋之後成一編號三劉漢書其正前人之失皆此類也

金人之始入寇也詔遣路樞密允迪使河東割地有布衣王亢者與之有舊拉與偕行亢爲人深目高準多髯事毳裘氊笠獨騎而後時所在村民多自相保聚見亢以爲虜也執之亢自辨數莫聽則欲縛送州縣亢不服旁一人曰爾不受縛吾且斷爾之臂亢仰而言曰

幸斷我左臂或問何也亢曰右臂妨吾抓癢衆皆笑曰此伶人也乃得釋

范龍圖純粹文正公之幼子也守延安嘗大閱百姓入教場觀者皆禁俄而騎出兩翼圍之命觀者皆列坐五人結一保已而有十許人無保呼使前問故叩頭曰夏國之人也復問曰爾國使爾來覘我乎曰然因令坐帳前而後閱試技藝迨暮而畢復呼問之曰吾之兵不亦精乎曰然曰歸語而主吾在此有以相

待欲爲冠者幸早來飲食而遣之世言文正三子各得其父一體盖長子忠宣得其德量中子右丞純禮彛叟得其文學德孺得其將略也邊人至今畏服焉

憲銜起於唐中葉以後職官志記其所因甚略云至德以後諸道使府叅佐皆以御史爲之謂之外臺按李光弼傳王承業爲河東節度使政弛謬侍御史崔衆主兵太原每狎侮承業光弼素不平及是詔衆以兵付光弼衆素

狂易見光弼長揖不即付兵光弼怒收繫之會使者至拜衆御史中丞光弼曰衆有罪已前繫今但斬侍御史若使者宣詔亦斬中丞然則當天寶時諸道叅佐固已有御史之名不得云至德後矣予嘗考之開元中宇文融由監察御史陳便宜請校天下户籍收匿户羨田佐用度玄宗以融爲覆田勸農使鈎校帳符得僞勳亡丁甚衆擢兵部員外兼侍御史融乃奏慕容琦等二十九人爲勸農判官

假御史分按州縣疑此爲憲銜之始盖自後凡以他官被委任欲重其事者咸假以御史之名又因以賞功自方鎮及賔佐幕職下逮卒伍之長莫不領中丞大夫御史之名名器之濫莫甚於此　本朝初尚因之故至今中丞猶有端公之稱盖謂是也元豐官制行悉罷然封拜蕃夷君長至今猶然

湖州銅官廟偶像衣冠甚古其婦人皆如世所藏周昉畫人物盖唐人之遺蹟也翟公巽尤

愛之暇日多至廟中觀焉往往裴徊終日又嘗作大銅香爐施毗陵天寧寺塔下銘其上曰公巽父作爐燎薰覺皇

韓忠憲公平日常語子弟曰進取在於止足寵祿不可過溢年若至六十可以退身謝事歸守父母墳墓則是忠孝兩全矣及公薨其子康公服既闋將造朝自誓於墓前曰仕宦至六十决當乞歸田里洒掃墳壠期於不墜先訓及熙寧中以觀文殿學士守南陽年五十

九矣遽欲謝事又以自來大臣引年往往不即賜可徒奏牘累上旋復視事故先手疏具述遺誡及誓於墓之事於上且曰昔晉王羲之爲會稽太守去郡不仕亦嘗自誓於父母墓前朝廷以其誓苦不復召之臣今志願雖與羲之頗殊然誓於先臣墓前無異矣東晉固不足以比隆聖時所以保全臣下一節斯亦可尚臣區區之志中外士大夫多有知者即非臣今日輕有去就妄干退閑也然章屢上

終不允迄不得如其志及元祐初方致仕時
年七十五矣故士大夫以退爲難
官制行後凡大禮猶準唐故事置五使大禮使
則首相爲之禮儀使則禮部尚書爲之儀仗
使則兵部尚書爲之鹵簿使則御史中丞爲
之橋道頓遞使則京尹爲之惟頓遞司例造
酒分餉近臣京師稱頓遞司酒爲最美徽宗
朝五使皆用執政次第爲之大觀元年明堂
大禮先公以尚書右丞爲橋道頓遞使

宣徽使本唐宦者之官故其所掌皆瑣細之事
本朝更用士人品秩亞二府有南北院南院
資望比北院尤優然其職猶多因唐之舊賜
群臣新火及諸司使至崇班内侍供奉諸司
工匠兵卒名籍及三班以下遷補假故鞫劾
春秋及聖節大宴節度迎授恩命上元張燈
四時祠祭契册朝貢内庭學士赴上督其供
帳内外進奉名物教坊伶人歲給衣帶郊御
殿朝謁聖容賜酺國忌諸司使下別籍分産

諸司工匠休假之類武臣多以節度使或兩使留後爲之又或兼樞密文臣則前二府及侍從之官高久次有勲勞者方得之其居藩府則稱判其重如此元豐官制行罷宣徽使不置時爲之者二人張文定公與王君貺也特命領使如舊其後君貺自請依執政置墳寺詔特依後毋爲例

陳無已嘗以熈寧元豐間事爲編年書既成藏之龎莊敏家無已之母龎氏也紹聖中龎氏

子有懼或爲已累者竊其書焚之世無別本
無已終身以爲恨焉
彩選格起於唐李郃本朝踵之者有趙明遠尹
師魯元豐官制行有宋保國皆取一時官制
爲之至劉貢父獨因其法取西漢官秩陞黜
次弟爲之又取本傳所以陞黜之語注其下
局終遂可類次其語爲一傳博戲中最爲雅
馴初貢父之爲是書也年甫十四五方從其
兄原父爲學怪其數日程課稍稽視其所爲

則得是書大喜因爲序冠之而以爲已作貢父晚年復稍增而自題其後今其書盛行於世

司馬温公編修資治通鑑辟劉貢甫范純夫劉道原爲屬兩漢事則屬之貢甫唐事則屬之純夫五代事則屬之道原餘則公自爲之且潤色其大綱書成道原復類上古至周威烈二十二年以前事爲通鑑前紀又將取國朝事爲後紀前紀既成而病自度後紀之不復

可成也更前紀爲外紀

史記載泰始皇及二世行幸郡縣立石刻辭世傳泰山篆字可讀者惟有二世詔五十許字而始皇刻辭皆謂已亡宋丞相莒公鎮東平日遣工就泰山撫得墨本以慶曆戊子歲別刻新石親作後序止有四十八字歐陽文忠公集古録亦言友人江鄰幾守官奉高親到碑下纔有此數十字而已其後東平劉斯立嘗登泰山絶頂訪秦篆徘徊碑下其石埋植

土中高不過四五尺形制似方而非方四面廣狹皆不等因其自然不加磨礲所謂五十許字者在南面稍平處人常所撫搨故士大夫多得見之其三面尤残缺蔽闇人不措意隱隱若有字痕刮磨垢蝕試令撫以紙墨漸若可辨盖四面起以東北南爲次四面周圍悉有刻字總二十二行行十二字字從西面起以東北南爲次西面六行北面三行東面六行南面七行其末有制曰可三字復轉在

西南稜上其十二行是始皇辭其十行是二世辭以史記證之文意皆具計其鈌處字數適同於是泰山之篆遂爲全篇如親軺遠黎史作親巡遠方黎民金石刻作刻石著作休嗣作世聽作聖陲體作禮昆作後則文史家差誤皆當以碑爲正其曰御史大夫者大夫也莊子曰且而屬之夫夫衛宏曰古文一字兩名因就注之斯立名跂丞相莘老之子善爲文章晚榜所居室曰學易堂類其文爲二

十卷號學易集行於世

漏澤園之法起於元豐間初予外祖以朝官爲開封府界使者常行部宿陳留佛祠夜且半聞垣外洶洶若有人聲起燭之四望積骸蔽野皆貧無以葬者委骨於此意惻然哀之即具以所見聞請斥官地數頃以葬之即日報可神宗仍命外祖揔其事凡得遺骸八萬餘每三千爲坎皆溝洫什伍爲曹序有表總有圖規其地之一隅以爲佛寺成輪僧寺之徒

一人使掌其籍焉外祖陳氏名向字適中睦
州人起白屋以才自見屢使諸路有能名官
制初行爲度支員外郎元祐初出爲江西轉
運副使徙楚州未幾卒
賈魏公平生歷官多創置景祐元年始置崇政
殿說書自都官員外郎首爲之四年置天章
閣侍講與趙希言王崇道首爲之比直龍圖
閣預内朝起居班在本官之上遞直侍講于
邇英延義二閣在崇政殿庭廡下皇祐元年

置觀文殿大學士寵待舊相公自使相首爲之

崇政殿說書本以待庶官之資淺未應爲侍講者故熙寧初呂吉甫太尉曾子宣丞相始改京官即得之至元祐中范純夫翰林司馬公休諫議皆以著作佐郎直兼侍講宣和又置邇英殿說書命楊中立龍圖以著作郎爲之近歲初召尹彥明議所除官將以爲邇英殿說書而議或以爲 祖宗時無有乃改崇政

殿云
予所見藏書之富者莫如南都王仲至侍郎家
其目至四萬三千卷而類書之卷帙浩博如
太平廣記之類皆不在其間雖祕府之盛無
以踰之聞之其子彦朝云某先人每得一書
必以廢紙草傳之又求别本參較至無差誤
乃繕寫之必以鄂州蒲圻縣紙爲册以其緊
慢厚薄得中也每册不過三四十葉恐其厚
而易壞也此本專以借人及子弟觀之又别

寫一本尤精好以綃素背之號鎮庫書非已不得見也鎮庫書不能盡有纔五千餘卷蓋嘗與宋次道相約傳書互置目録一本遇所闕則寫寄故能致多如此宣和中御前置局求書時彦朝已卒其子問以鎮庫書獻詔特補承務郎然其副本具在建炎初問渡江書盡留睢陽第中存亡不可知可惜也

官制初行李邦直爲吏部尚書時寄禄官纔承議郎　神宗以其太卑詔特遷朝奉大夫其

後無踵其例者

唐庚字子西眉山人善爲文常以爲六經巳後便有司馬遷三百五篇之後便有杜子美六經不可學亦不須學故作文當學司馬遷作詩當學杜子美二書亦須常讀所謂不可一日無此君也尤不喜新唐書云司馬遷敢亂道却好班固不敢亂道却不好不亂道又好是左傳亂道又不好是新唐書八尺田中若有一毫唐書亦爲來生種矣

楊侍讀繪熙寧間知南京有惠政予及見故老有能道當時事者云春秋勸農時必徵服屏騎從至田野中民莫知其太守也有獻漿水者欣然爲舉之以是多知民間疾苦之實亦以見前輩爲政平易如此也

自古人君即位之次年改元以至終身漢文帝始以即位之十年爲後元年景帝復以即位之七年爲中元年又六年爲後元年至武帝初年乃號建元元年其後屢易其號以至于

今雖立號紀年始於武帝然其源蓋自文帝
之後元也
韓魏公喜營造所臨之郡必有改作皆宏壯雄
深稱其度量在大名於正寢之後稍西爲堂
五楹尤大其間洞然不爲房室號善養堂蓋
其平日宴息之地也
國朝旣以節度使爲武官之秩然文臣前二府
之久次者間亦得之蓋優禮也其不歷二府
而爲節度使者自國初至今凡六人然皆有

由陳康肅堯咨始自翰林學士換宿州觀察使知天雄軍特詔位丞郎上其後自安國軍留後拜武信軍節度使張宣徽堯佐自禮部侍郎三司使拜淮康軍節度群牧制置使宣徽南院使景靈宮使言者交章論之遂罷宣徽景靈二使頃之復加宣徽使判河陽王君貺自熙寧間以侍從久次爲宣徽使會官制行廢宣徽使不置時爲之者獨有君貺與張文定二人特詔領使如故其後君貺判大名府

當再任遂拜武安軍節度使蔡太保攸政和末自宣和殿大學士上清寶籙宮使拜淮康軍節度使靖康中張永錫孝純自延康殿學士知太原府拜檢校少保某軍節度使建炎初杜僕射充自端明殿學士東京留守拜宣武軍節度使大抵陳康肅以次遷張宣徽以戚里王君貺以官制改革蔡居安以恩倖張永錫以守禦之勞而杜僕射以居守欲重其任也

國朝不歷真相而爲相者凡七人錢文僖程文簡夏文莊蔡元度蔡居安攸梁才甫子美而鄧樞密洵武真以少保領院而不兼節鉞前所未有也

却掃編卷下

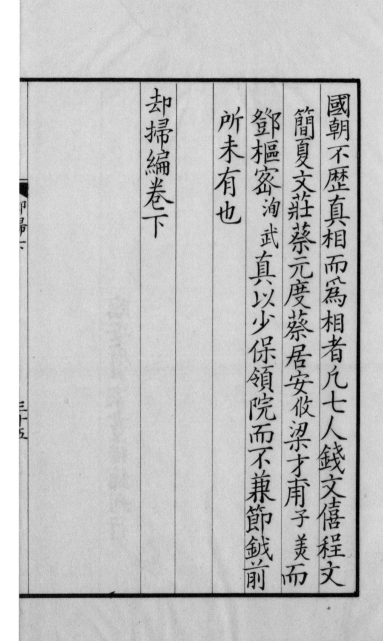

臨安府尹家書籍鋪刊行

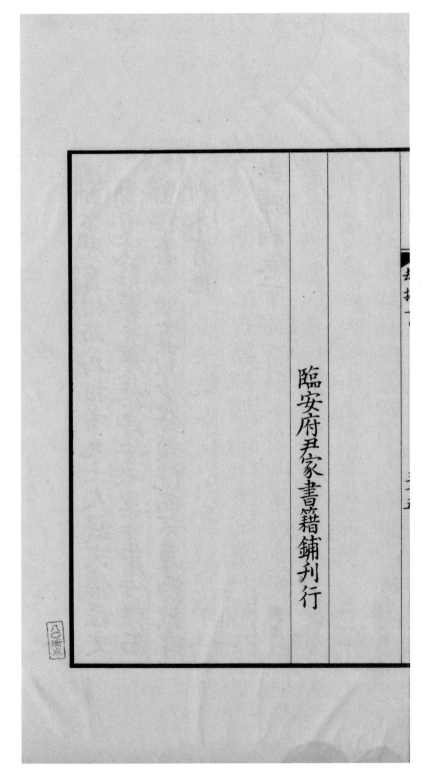